岩 波 文 庫

30-021-1

堤 中 納 言 物 語

大 槻　修 校注

凡　例

一、本書は、新日本古典文学大系『堤中納言物語　とりかへばや物語』(大槻修・今井源衛・森下純昭・辛島正雄校注、一九九二年、岩波書店刊、以下「新古典大系本」と略記)から、大槻担当の『堤中納言物語』を、改めて岩波文庫版として刊行したものである。

一、文庫版刊行に当たって、読み易さを考慮し、本文の校訂方針をつぎのように一部改めた。

1　振り仮名は現代仮名遣いに改めた(本文の仮名遣いは原文通りとした)。

2　可能な限り振り仮名を多用し、「御」の場合、読み方によって「ご」「おん」「み」など、慣例に従って区別してある。

3　反復記号「ゝ」「〱」については、改めて文字を再記した(「ゝ」は「々」とした)。

やゝ→やや　　やう〱→やうやう　　人ゝ→人々

4　本来、平仮名書きの多い原文に従って、一部、表記を改めている。
　　所→ところ　程→ほど　の給ふ→のたまふ

5　「む」「ん」の類別は、音便形の場合(たんめり)を除き、「む」を用いた。

6　本文校異(異文)は、特に必要な場合を除き、省略した。

一、脚注については、紙幅の制限上大幅に割愛し、語釈など本文読解に必要な最小限のもののみ残した。また一部、読み易さの上から、新古典大系本のそれに書き加えた部分がある。

一、解説、また各編の紹介文について、新古典大系本のそれを、文庫版用として書き改めたところがある。

一、なお本文編において、翻刻本文の作成その他に田淵福子氏の協力を得た。

一、新古典大系本の凡例をつぎに掲げておく。

一　底本は国立歴史民俗博物館蔵、高松宮家本。

二　底本の本文を訂正する場合には、すべてその旨を脚注に明記して、原態が分かるようにした。また数字以上の校訂部分について他本に依拠する場合には、〔　〕によってそれを示した。

三　翻刻に際しては、現在に行われる仮名の字体を、また、常用漢字表にある漢字については、その字体を使用した。「む」「ん」の類別は底本のままとした。

四　通読の便を考慮して、底本の仮名書きに、適宜、漢字を当て、漢字書きには、適宜読み仮名を施し、清濁はこれを区別し、句読点を加え、会話文については、「　」を用いて分かりやすくした。

1　仮名に漢字を当てる場合には、もとの仮名を読み仮名(振り仮名)にして残した。

2　校注者の付けた読み仮名には、(　)を施した。

3　仮名遣いについて、底本が歴史的仮名遣いに一致しない場合には、(　)内にそれを傍記した。ただし、仮名に漢字を当てた場合は、これを省略した。

4　底本にある当て字(漢字)は、原則としてそのままとし、(　)により読み仮名を施した。

5　反復記号「ゝ」「ゞ」「〱」については、原則として底本のままとし、これらに仮名または漢字を当てた場合には、もとのそれを傍記した。

6　底本には、濁点を欠くので、翻刻に当たり、新たに濁点を付した。

7　適宜、段落を分かち、改行や字下げを作り、会話、和歌、書簡の部分を分かりやすくした。

五　本文の校異は、特に必要な場合に限り、注の中で言及した。

六　本文の該当する個所に当たる脚注欄の部分に、対応する小見出しを付した。

目　次

花桜《はなさくら》折《お》る少将

花桜折る少将　秋ならぬ春の「くまなき月」に騙《だま》されて、美女を手に入れようとする美貌の貴公子「花桜折る」中将(標題を改める)が展開する痴《お》癡《こ》な物語。だが、手の込んだ構成を用い、例えば「光遠《みつとお》」「光季《みつすえ》」「季光《すえみつ》」と、まぎらわしい人名を駆使して「遊び心」を誘う。それはクイズ的な享受形態を持った佳品とも称されている。

生理を装って物詣《ものもう》でを逃《のが》れ、逢う瀬を目論《もくろ》む女《め》の童《わらわ》も、油断ならぬ存在だが、一方で、手なづけたはずの雑色《ぞうしき》に無理難題の末、見事にドンデン返しを食《く》らって、姫君ならぬ老尼を盗み出してしまった中将の君も迂闊《うかつ》であった。

事件の舞台裏を、作中人物の観点から説明する、いわゆる「語《かた》り」の筆法は、落語など話芸の世界を思わせ、また末尾「そののち、いかが」の一句は、「虫めづる姫君」の末尾「二の巻にあるべし」と同じく、著作権などない当時、読者に続編を書こうとする意欲を持たせたユニークな筆遣《ふでづか》いといえよう。

『風葉和歌集《ふうようわかしゅう》』春下に歌一首入集、似通《にかよ》った点の多い「逢坂越えぬ権中納言」(天喜三年、「六条斎院《ろくじょうのさいいん》物語歌合」に提出)とほぼ同時期の成立か。なお題名は、「花桜折る少将」のほか、「中将」「大将」と諸本分かれている。

[一]月にはかられて、夜《よ》ふかく起《お》きにけるも、思ふらむところいとほしけれど、[二]たち帰らむも遠きほどなれば、やうやうゆくに、小家《こいえ》などに[三]例《れい》おとなふものも聞こえず、くまなき月に、ところどころの花の木どもも、ひとへにまがひぬべくかすみたり。いますこし、過《す》ぎてみつるところよりもおもしろく、過ぎがたき心地《ここち》して、

[四]そなたへとゆきもやられず花桜にほふ木影《こかげ》に旅《たび》だたれつつ

とうち誦《ずん》じて、[五]「はやく、ここにものいひし人あり」と思ひいでて、たちやすらふに、[六]築地《ついじ》のくづれより、[七]白《しろ》き者《もの》の、いたくしはぶきつつ出《い》づめり。[八]あはれげに荒《あ》れ、人けなきところなれば、ここかしこのぞけどとがむる人なし。[九]このありつる者の帰るよびて、

一 月の光に騙(まだ)されて。愛情の衰えから、女のもとを去る口実。

隈なき月の光、霞にまがう桜花の邸

二 嘆く女の家に戻るのも、こと面倒と思う薄情な男。

三 早朝すぎて、周りは静寂。

四 あちらへと通り過ぎもできない。この美しい桜の木陰に、つい足が向くので。「旅だつ」は誇張表現か。

五 以前、この家に親しくしていた女が居たっけ。

六 土塀の崩れたところから。好き者のかいまみに絶好の場所。

七 白い衣を着た者(老女か)が、ひどく咳をしながら。

八 なにか立ち去りにくげに荒れて。

九 例の白装束の者。

「ここに住み給《たま》ひし人は、いまだおはすや。「[一]山人《やまびと》にもの聞こえむといふ人あり」と[二]ものせよ」

といへば、

「その御方《おんかた》は、ここにもおはしまさず。なにとかいふところになむ住ませ給ふ」

と聞こえつれば、「あはれのことや。尼などにやなりたるらむ」と、[三]うしろめたくて、「かの[四]光遠《みつとお》にあはじや」など、[五]ほほゑみてのたまふほどに、[六]妻戸《つまど》をやはらかいはなつ音《おと》すなり。

[七]をのこどもすごしやりて、[八]透垣《すいがい》のつらなるむら薄《すすき》のしげき下に隠《かく》れてみれば、

「[九]少納言の君こそ。明《あ》けやしぬらむ。出《い》でてみ給へ」

といふ。よきほどなる[一〇]童《わらわ》の、様態《ようだい》をかしげなる、いたう[一一]萎《な》えすぎて、宿直姿《とのいすがた》なる、[一二]蘇芳《すおう》にやあらむ、つややかなる[一三]衵《あこめ》に、うち梳《す》きたる髪《かみ》のすそ、[一四]小袿《こうちき》にはえてなまめかし。月のあかきかた

一「仙人」のこと。荒れた屋敷の女を、戯れていう。
二 取り次いでおくれ。
三 女の出家を、自分の薄情のせいかと気がかりなので。
四 昔、主人公(中将＝一五頁注一二)を、この女のもとに手引きした雑色の名。後文「光季」(一六頁)と同一人物か。
五 光遠を伴っての過去の情事を思い出して、にやにやする中将の心情。
六 殿舎の四隅にあり、両開きの板戸。
七 かいま見のため、お供の者を遠ざけて。
八 板や竹で、間を透かせて編んだ垣。
九 侍女の呼び名。
一〇 童女。

賤が伏屋に佳人を垣間見たうれしさ

一一 着なれて糊気のない衣。
一二 紫がかった紅色。
一三 単と下襲との間に着込む衣。

に、扇《おうぎ》をさし隠して、「[一五]月《つき》と花とを」と口《くち》ずさみて、花のかたへあゆみくるに、おどろかさまほしけれど、しばしみれば、[一六]おとなしき人の、

「[一七]季光《すえみつ》は、などかいままで起きぬぞ。弁《べん》の君《きみ》こそ、ここなりつる。参《まい》り給へ」

といふは、ものへまうづるなるべし。[一八]ありつる童《わらわ》はとまるなるべし。

「わびしくこそ覚《おぼ》ゆれ。さはれ、ただ御供《おんとも》に参りて、近からむところにゐて、[一九]御社《みやしろ》へは参《まい》らじ」

などいへば、「[二〇]ものぐるほしや」などいふ。みなしたてて、五六人ぞある。下《お》るるほどもいとなやましげに、これぞ主《しゅう》なるらむとみゆるを、よくみれば、[二一]衣《きぬ》ぬぎかけたる様態、ささやかに、いみじう児《こ》めいたり。ものいひたるもらうたきものの、[二二]ゆうゆうしく聞こゆ。「うれしくもみつるかな」と思ふに、や

一四 唐衣・裳をつけぬ略装。
一五 「あたら夜の月と花とを同じくは心知れらむ人に見せばや」(後撰集・春下)。
一六 年長らしい侍女。少納言の君とは別人か。
一七 後文(一六頁)光季が、ここの女に通う折に使った偽名か。主人公の家司。
一八 歌を口ずさんだ童女。
一九 月の障りのため社寺参詣は控える習慣。童女(少納言の君)と季光(光季)とは、昵懇の間柄らしく、彼女は生理を装って、物詣でから除かれるを幸いに、彼との逢う瀬を目論んだか。
二〇 馬鹿なことをお言いでない。たしなめた女房の方が術中に陥っている。
二一 衣紋ふうに脱ぎすべらかす。
二二 「ゆえゆえし」の意か。

うやうあくれば、帰り給《たま》ひぬ。

一日《ひ》さしあがるほどに起き給ひて、二よべのところに文《ふみ》書き給ふ。

「いみじう三深う侍《はべ》りつるも、四ことわりなるべき御気色《おんけしき》に、いで侍りぬるは、つらさもいかばかり」

など、青き薄様《うすよう》に、柳《やなぎ》につけて、

五さらざりしいにしへよりも青柳《あおやぎ》のいとどぞけさは思ひみだるる

とてやり給へり。返《かえ》り事《ごと》めやすくみゆ。

六かけざりしかたにぞはひし糸《いと》なれば解《と》くとみしまにまたみだれつつ

とあるをみ給ふほどに、七源中将《げんちゅうじょう》、八兵衛《ひょうえ》の佐《すけ》、小弓《こゆみ》もたせておはしたり。

「よべはいづくに隠れ給《たま》へりしぞ。内裏《うち》に御遊《おんあそ》びありて召《め》ししかども、みつけ奉《たてまつ》らでこそ」

一 後朝(きぬぎぬ)の文としては時間が遅れている。朝帰りの眠さ。二 冒頭の「月にはかられて、夜ふかく起き」て出てきた女の家。
三 夜も、あなたへの愛情も。
四 帰れよがしのあなたのご機嫌だったので。
五 あなたが冷淡でなかった昔より、私は一層のこと今朝は思い乱れている。

昨夜の女に文。仲間達と気なぐさみ

六 思いがけず私にまつわりついた糸のようなあなた、うちとけたと見る間に、ほかの女に心乱れて…。
七 近衛府の次官(従四位下相当)。
八 兵衛府の次官(正六位下相当)。ともに主人公の仲間。
九 女のもとに居たとは白状

とのたまへば、

「[九]ここにこそ侍りしか。あやしかりけることかな」

などのたまふ。花の木どもの咲きみだれたる、いと多く散るをみて、

[一〇]あかで散《ち》る花みるをりはひたみちに

とあれば、佐《すけ》、

[一一]わが身にかつはよわりにしかな

とのたまふ。[一二]中将の君、「さらばかひなくや」とて、

[一三]散《ち》る花を惜しみとめても君なくはたれにかみせむ宿《やど》の桜を

とのたまふ。たはぶれつつもろともにいづ。「かのみつるところたづねばや」と思《おぼ》す。

[一四]夕方《ゆうがた》、[一五]殿《との》にまうで給ひて、暮《く》れゆくほどの空、いたうかすみこめて、花のいとおもしろく散りみだるる夕《ゆう》ばえを、御簾《みす》まきあげてながめいで給ひつる御《おん》かたち、いはむかたなく光《ひか》りみち

せず、在宅だと嘘をつく。

一〇 源中将の作。見飽きる間もなく散る桜、その時は惜しいことと、ただ一途に。

一一 一方で、わが身も随分弱ってしまった。わが肉体の衰えを体裁ぶったか。

一二 この物語の主人公(標題改め「花桜折る中将」)。

憧れの君を手に入れる方策やいかに

一三 散る花を惜しみとどめても、あなたがいなくては誰に見せる甲斐あろうや、わが家の桜を。かいまみた姫君を恋慕する気持を含む。この歌は「花の散るころ人のまうで来たりけるに　花桜折る中将」として、風葉集・春下に入集。

一四 より詮索し、調べたい気持。

一五 主人公の父邸か。

て、花のにほひも、むげにけおさるる心地《ここち》ぞする。琵琶《びわ》を黄鐘《おうしき》一調《じょう》にしらべて、いとのどやかに、をかしく弾《ひ》き給《たま》ふ御手《おんて》つきなど、かぎりなき女も、かくはえあらじとみゆ。二このかたの人々召《め》しいでて、さまざまうち合《あ》はせつつ遊《あそ》び給ふ。三光季《みつすえ》、

「いかが女のめで奉《たてまつ》らざらむ。四近衛《このえ》の御門《みかど》わたりにこそ、めでたく弾《ひ》く人五あれ。何事《なにごと》にも、いとゆゑづきてぞみゆる」

と、おのがどちいふを聞き給ひて、

「いづれ。この、桜《さくら》多くて荒《あ》れたるやど六□□ばいかでかみし。われに聞かせよ」とのたまへば、七「なほ、たよりありてまかりたりしになむ」と申せば、

「さるところはみしぞ。こまかにかたれ」とのたまふ。八かの、みし童《わらわ》九にものいふなりけり。

「故源中納言《こげんちゅうなごん》の一〇むすめになむ。まことにをかしげにぞ侍《はべ》るなる。かの御《おん》一一をぢの大将なむ、迎《むか》一二へて内裏《うち》にたてまつらむと申《もう》す

一 雅楽の六調子の一つ。
二 音楽の方面の練達者。
三 主人公の家司。紛らわしい名前の頻出は、「騙し、騙される」物語ゆえか。
四 陽明門。門内に左近衛府がある。五 昨夜、物詣でに出るところを、主人公にかいまみられた姫君。
六 二字分空白。「近衛の御門わたり…」の話のなかで「桜多くて荒れたる宿」のことが出たのであろう。
七 やはり縁があって参りましたもので…。光季の弁解。
八 主人公が見た童女(少納言の君)。九 光季は童女と関係を結んでいた。一〇 姫君の素姓が明かされる。
一一 伯(叔)父の近衛大将(近衛府の長官。従三位相当)。主人公の上司。一二 養女に迎えて入内させる算段か。

なる」

と申せば、

「一三さらざらむさきに。なほ、たばかれ」

とのたまふ。「さ思ひはんべれど、一四いかでか」とて立ちぬ。

夕《ゆう》さり、かの童《わらわ》は、一五ものいとよくいふ者《もの》にて、ことよくかたらふ。

「大将殿《どの》の、つねにわづらはしく聞こえ給へば、人の御文《おんふみ》つたふることとだに、一六大上《おおうえ》いみじくのたまふものを」

と。一七おなじところにて、一八めでたからむことなどのたまふころ、ことにせむれば、一九わかき人の、思ひやりすくなきにや、「よきをりあらば、二〇いま」といふ。二一御文《おんふみ》は、ことさらにけしきみせじとてつたへず。光季参《まい》りて、

「二二いひおもむけて侍り。こよひぞよく侍るべき」

と申せば、よろこび給ひて、すこし夜《よ》ふけておはす。

一三 大将が引き取る前に、先手を打って。

一四 主人公の無理難題に、光季は困惑の体。

一五 光季が、口先上手に話す男なので。例の童女に斡旋を頼む。一六 大北の方。姫君の祖母に当たる。

苦心の誘拐が人違いの末、尼君とは

一七 姫君のいる邸で。「ことにせむれば」に係る。

一八 姫君入内の件など。

一九 童女が年若で、思慮・分別が足りず、姫君の運命が左右される例は多い。

二〇 そのうち。おっつけ。

二一 主人公から姫君への文。童女が姫君に伝えなかったのは祖母や大将がうるさかったから。ただ、これが結末の人違え事件に発展する。

二二 うまく説得しました。

光季が[一]車《くるま》にておはしぬ。童、気色《けしき》みありきて、[二]入れ奉《たてまつ》りつ。火《ひ》はもののうしろへとりやりたれば、ほのかなるに、母屋《もや》にいとちひさやかにて、うちふし給《たま》ひつるを、かきいだきて乗《の》せ奉り給《たま》ひて、車をいそぎてやるに、「[三]こは何《なに》ぞ、こは何ぞ」とて、心得《こころえ》ずあさましうおぼさる。[四]中将の乳母《めのと》、「[五]聞き給ひて、おば上《うえ》のうしろめたがり給ひて、ふし給へるになむ。もとよりちひさくおはしけるを、老《お》い給ひて、法師《ほうし》にさへなり給へば、頭《かしら》さむくて、御衣《おんぞ》をひきかづきてふし給ひつるなむ」。

それと覚《おぼ》えけるもことわりなり。車《くるま》よするほどに、[六]古《ふる》びたる声にて、「いなや、こはたれぞ」とのたまふ。そののち、いかが。をこがましうこそ。[七]御《おん》かたちはかぎりなかりけれど。

一 姫君の掠奪とて、網代車（あじろぐるま）にやつしたか。
二 童女が、主人公を姫君の部屋へ。
三 車に乗せられた祖母上の言葉。合点ゆかず、周章狼狽の体。
四 姫君の乳母。以下「　」の部分は中将の乳母の解説部分。
五 実は、事前に祖母上が、姫君掠奪の計画をお聞きになって。物語の筋書が展開する途中で、不意に、作中人物の一人が、事柄の舞台裏をうち明ける—いわゆる「語り」の筆法は、落語など話芸の世界を文章化する場合に見られる。
六 老人くさい声で。
七 尼君のご器量は、この上なくすばらしかったのだけれども。

このついで

このついで　春雨《はるさめ》けぶる後宮《こうきゅう》の昼つ方、帝寵《ていちょう》の遠ざかったのを嘆く中宮《ちゅうぐう》を囲んで、薫物《たきもの》の「ついで」の巡《めぐ》り話——オムニバス映画のような三つのお話である。

(一)子供をめぐる悲劇的な恋。だが「禍福《かふく》はあざなえる縄のごとし」とか、歌徳説話の世界に移行して、姫君は幸せを獲得する。

(二)厭世《えんせい》的な女性の参籠《さんろう》。風荒々しく木の葉舞い散る清水寺《きよみずでら》の夕つ方、素姓《すじょう》定かでなく、またなぜ厭世観に駆られたのか、その理由も判然としない。日記文学的なスタイルで綴る悲話。

(三)事情ありげな東山《ひがしやま》の女の出家。『源氏物語』宇治十帖の世界を髣髴《ほうふつ》とさせながら、孤独の姉妹に心の清算をつける時——。だが、二十歳《はたち》に満たぬ姉君が、丈《たけ》に余る黒髪を法師に切らせる一瞬、そばに付き添う妹君。これは一つの絵画美、ひいては耽美《たんび》の世界であろう。

歌物語的、日記文学的、作り物語的な世界で、第一話から次第に陰々滅々《いんいんめつめつ》の雰囲気を深めながら、歌が舞台回しの役目を勤め、最後に「帝のお渡り」となって、中宮がホッと一息つく様子を思わせる巧みな構成。作者・成立とも不明。同じく「逢坂越えぬ権中納言」と、ほぼ同時期の作品か。

春[一]のものとてながめ[二]させ給《たま》ふ昼《ひる》つかた、台盤所《だいばんどころ》[三]なる人々、「宰相《さいしょう》[四]の中将《ちゅうじょう》こそ参《まい》り給ふなれ。れいの御《おん》にほひ、いとしるく」

などいふほどに、ついゐ[五]給ひて、

「夜《よ》べより殿《との》[六]にさぶらひしほどに、やがて御《おん》つかひになむ。東《ひんがし》の対《たい》の紅梅《こうばい》の下《した》にうづま[七]せ給ひし薫物《たきもの》、今日のつれづれに心[八]みさせ給ふとてなむ」

とて、えならぬ枝に、白銀《しろがね》の壺《つぼ》二《ふた》つつけ給《たま》へり。中[九]納言の君の、御帳《みちょう》のうちに参《まい》[一〇]らせ給ひて、御火取《おんひとり》[一一]あまたして、若《わか》き人々やがて心みさせ給ひて、すこしさしのぞかせ給ひて、御帳《みちょう》のそばの御座《おまし》に、かたはらふさせ給へり。紅梅《こうばい》[一二]の織物《おりもの》の御衣《おんぞ》に、たたな[一三]はりたる御髪《みぐし》の、すそばかりみえたるに、これかれ、そこはか

もの憂い春雨の後
宮、薫物のついで

一「起きもせず寝もせで夜を明かしては春のものとてながめ暮らしつ」(古今集・恋三)。伊勢物語二段にも。
二 中宮が。三 中宮の局の調理所に詰めている侍女たち。
四 参議兼近衛中将(正四位下相当)。中宮の兄弟か。
五 中将が中宮の前に。
六 父の邸で宿直していた中将が、中宮への使いを命じられて。七 薫物は香りよくするため土中に埋める。日数・方法に秘法があったか。
八 父殿がお試しになる。ついては中宮にもお分けしてお届けに。九 中宮付きの女房。一〇 壺を中宮に。
一一 香炉。
一二 春の着用。袿(うちき)姿か。
一三 畳まる。重なる。

となき物語《ものがたり》しのびやかにして、しばし候《さぶら》ひ給ふ。一中将の君、

「二この御火《おんひ》取《とり》のついでに、あはれと思《おも》ひて人の語《かた》りしことこそ、思ひいでられ侍《はべ》れ」

とのたまへば、三おとなだつ宰相《さいしょう》の君、

「なにごとにか侍らむ。四つれづれに思《おぼ》し召《め》されて侍るに、中させ給へ」

とそそのかせば、

「さらば、五つい給はむとすや」

とて、

「ある六君達《きんだち》に、しのびてかよふ人やありけむ、いとうつくしき児《ちご》さへいできにければ、七あはれとは思《おも》ひ聞こえながら、八きびしき片《かた》つかたやありけむ、絶《た》え間《ま》がちにてあるほどに、九思《おも》ひも忘《わす》れず、いみじうしたふがうつくしう、ときどきは、一〇あるところにわたしなどするをも、一一「いま」などもいはでありしを、ほ

一 使いの宰相の中将。二 第一話の始まり。この香炉からの連想で。題名。
三 年長株の女房。
四 帝寵の遠ざかった中宮の心境をいうか。
五 「継ぎ」の音便。あと続いてお話しなさいましょうね。
六 貴族の子女。男女を問わず「君達」という。ここは姫君。
七 いとしいと。
八 うるさい本妻。
九 たまさか訪れる父を、子供は決して忘れない。

香炉の縁で愛を取り戻した仲(第一話)

一〇 男(父)の自邸へ。
一一 子供が、「もうお母さんの所へ戻る」ともいわないで。父になつく子の情。一本「いな」。子を連れ帰る夫に、姫君は拒否せず。

どへてたちよりたりしかば、いと一二さびしげにて、一三めづらしくや思ひけむ、かきなでつつみゐたりしを、一四えたちとまらぬことありて、いづるを、一五ならひにければ、れいのいたうしたふがあはれに覚《おぼ》えて、しばしたちとまりて、「さらば、いざよ」とて、かきいだきていでけるを、いと心くるしげに一六見送《おく》りて、前なる火取《ひとり》を手《て》まさぐりにして、

　一七子《こ》だにかくあくがれいでば薫物《たきもの》のひとりやいとど思《おも》ひこがれむ

と、しのびやかにいふを、屏風《びやうぶ》のうしろにて聞きて、いみじうあはれに覚《おぼ》えければ、児《ちご》もかへして、一八そのままになむゐられにしと。「一九いかばかりあはれと思《おも》ふらむ」と、「おぼろけならじ」といひしかど、たれともいはで、いみじく笑《わら》ひまぎらはしてこそやみにしか。二〇いづら、今は中納言の君」

とのたまへば、

一二　主語は子供。
一三　久しぶり子に逢った父親も。子をめぐる引きさかれた夫婦の哀話。
一四　姫君のもとに居続けられない事情があって。
一五　父の家に連れ帰ってもらうのが習慣になっているので。
一六　主語は姫君。
一七　子供まであなたを慕って出ていったならば、私ひとりで恋しさに焦がれるばかりでしょう。
一八　姫君のもとに彼も泊ってしまった。
一九　私(宰相の中将)は、「その男はどれほどか姫君の心根に感動したことだろう」と、また「二人の仲は並一通りではあるまい」と言ったが。
二〇　さあ、今度は。

「[一]あいなきことのついでをも聞こえさせてけるかな。あはれ、[二]ただいまのことは、聞こえさせ侍《はべ》りなむかし」

とて、

「去年《こぞ》の秋のころばかりに、[三]清水《きよみず》にこもりて侍《はべ》りしに、かたはらに、屛風《びょうぶ》ばかりをものはかなげにたてたる局《つぼね》の、[四]にほひいとをかしう、人ずくなななる気配《けはい》して、をりをりうち泣《な》く気配などしつつおこなふを、たれならむと聞き侍りしに、あすいでなむとての夕《ゆう》つ方《かた》、風《かぜ》いとあららかにふきて、木《こ》の葉《は》ほろほろと[五]滝《たき》のかたざまにくづれ、色こき紅葉《もみじ》など、局《つぼね》の前《まえ》にはひまなく散《ち》りしきたるを、この中《なか》へだての屛風《びょうぶ》のつらによりて、[六]ここにもながめ侍りしかば、いみじうしのびやかに、

「[七]いとふ身はつれなきものをうきことをあらしに散《ち》れる木《こ》の葉《は》なりけり

[八]風《かぜ》の前《まえ》なる」と聞こゆべきほどにもなく、聞きつけて侍りしほ

一 つまらぬ「ついでの話」を中宮にお聞かせしてしまって。二 ではまあ、ごく最近の体験を。第二話の始まり。

清水に参籠、憂き世を嘆く女（第二話）

三 京都市東山区の清水寺。法相宗。王朝の姫君がよく参籠した。

四 教養ある高貴の姫君の存在を象徴する。第一話の「香」からの連想。

五 音羽の滝か。清水寺の南。

六 私の方でも。

七 この世を捨てたいと思うわが身は生きながらえて、憂きことなどあるまい木の葉は、嵐のままに散ってゆくことよ。

八 「寿命なほ風前の灯の燭るがごとし」(倶舎論)。「いとへども消えぬ身で憂きうらやまし風の前なる宵のと

どの、まことに、いとあはれに覚《おぼ》え侍りながら、さすがに、ふ[九]といらへにくく、つつましくてこそやみ侍りしか」

といへば、

「いと、[一〇]さしもすごし給はざりけむとこそ覚ゆれ。さても、まことならば、[一一]くちをしき御《おん》ものづつみなりや。いづら、[一二]少《しょう》将《しょう》の君」

とのたまへば、

「[一三]さかしう、ものも聞こえざりつるを」

といひながら、

「[一四]伯母《おば》なる人の、[一五]東山《ひんがしやま》わたりにおこなひて侍《はんべ》りしに、しばし[一六]したひて侍《はべ》りしかば、あるじの尼君《あまぎみ》のかたに、いたうくちをしからぬ人々の気配《けはい》、あまたし侍りしを「[一七]まぎらはして、人にしのぶにや」とみえ侍りしも、[一八]へだての気配の、いとけだかう、ただ人とは覚え侍らざりしに、ゆかしうて、ものはかなき

もし火」(和泉式部続集)。「日をへつつ我なにごとを思はまし風の前なる木の葉なりせば」(同)。

九 盗み聞きをしていた以上は。

一〇 まさか返歌をせずにすまされるなんて。

一一 残念なご遠慮ですね。

一二 中宮付きの女房の名。

悲嘆の涙に出家する東山の女(第三話)

一三 上手にいままでお話し申し上げたこともないのに。

一四 一説に祖母(おば)とも。

一五 第二話の清水寺を含む東山連峰の寺々の連想が働いたか。

一六 あとを追って。

一七 出家を志す本人が、人目にたたぬように、と。

一八 もの越しに感じられる先方の様子が。

[一]障子《そうじ》の紙《かみ》の[二]穴《あな》かまへいでて、のぞき侍《はべ》りしかば、簾《すだれ》に几帳《きちよう》そへて、きよげなる法師《ほうし》二三人ばかりすゑて、いみじくをかしげなりし人、[三]几帳《きちよう》のつらにそひふして、このゐたる法師ちかくよびて、ものいふ。なにごとならむと聞きわくべきほどにもあらねど、尼《あま》にならむと語らふ[四]気色《けしき》にやとみゆるに、法師やすら[五]ふ気色なれど、なほなほせちにいふめれば、「さらば」とて、[六]几帳《きちよう》のほころびより、櫛《くし》の箱《はこ》の蓋《ふた》に、丈《たけ》に一尺《しやく》ばかりあまりたるにやとみゆる髪《かみ》の、筋《すじ》、すそつき、いみじううつくしきを、[七]わげいれて押《お》しいだす。かたはらに、いますこしわかやかなる人の、十四五ばかりにやとぞみゆる、髪《かみ》、丈に四五寸《すん》ばかりあまりてみゆる、[八]薄色《うすいろ》のこまやかなる一襲《ひとかさね》、[九]搔練《かいねり》などひきかさねて、顔に袖《そで》をおしあてて、いみじう泣《な》く。[一〇]おととなるべしとぞおしはかられ侍《はべ》りし。また[一一]若《わか》き人々二三人ばかり、薄色《うすいろ》の[一二]裳《も》ひきかけつつゐたるも、いみじう[一三]せきあへぬ気色なり。[一四]乳母《めのと》だつ人など

一 襖障子ではなく、平安後期から多く使われ始めた明かり障子。この作品の成立年代の推定に関係するか。
二 作り出して。障子の穴や柱の虫くい穴から覗く話は多い。第二話は屏風越しの気配だった。
三 主の姫君。
四 覗き見の前は「気配」だった。五 躊躇する。ためらう。
六 几帳の帷子(かたびら)の合わせ目にわざと設けたすき間。
七 たわめ入れて。八 薄紫色のしとやかな衣。九 練った絹。
一〇 「おとうと」の略。ここは姉に対する妹の意。
一一 侍女たち。
一二 婦人の正装。腰のうしろに着ける衣装。
一三 涙をせき止めかねる。
一四 乳母は、姫君の養育・後

はなきにやと、あはれに覚《おぼ》え侍りて、[一五]扇《おうぎ》のつまにいと小《ちい》さく、

　[一六]おぼつかなうき世《よ》そむくはたれとだに知らずながらもぬる
　る袖かな

と書きて、[一七]おさなき人の侍るしてやりて侍りしかば、このおとにやとみえつる人ぞ書くめる。さて[一八]取らせたればもてきたり。[一九]書きざまゆゑゆゑしう、をかしかりしをみしにこそ、[二〇]くやしうなりて」

などいふほどに、[二一]上《うえ》わたらせ給ふ御気色《おんけしき》なれば、[二二]まぎれて、少将の君もかくれにけり[二三]とぞ。

見に、両親以上の権威・実力を持つ。出家という切迫した場に、一人の乳母もいないのは異状。姫君たちの落魄ぶりを示すか。

一五 扇の紙の端に。蝙蝠(かわほり)のことで檜扇(ひおうぎ)ではなかろう。

一六 出家なさるのがどなたか気がかりで、事情は存ぜぬものの、私まで涙で袖が濡れてしまいます。一七 少将の君(侍女)の女(め)の童。

帝の渡御、一転して中宮は幸せ

一八 使いにやった童女に、その返事を渡したので、私の方へ持ってきた。

一九 文字の書きぶりが由緒ありげで、風情のあるのを。妹君は「十四五ばかりにやとぞみゆる」とあった。

二〇 返歌のすばらしさ、筆

跡の評価の上から、下手な歌を差し入れた少将の君の悔やみが示されている。
二一 帝が中宮のもとへ。主上渡御の場合、警蹕（けいひつ）の声がある。
二二 その混雑に紛れて。
二三 王朝物語の伝統的なしめくくりの方法。

虫めづる姫君

虫めづる姫君　「蝶めづる姫君」の隣、グロテスクな「毛虫」を愛玩《あいがん》する姫君の行状記。新奇な起筆を誇り、テンポの早い作風である。非常に理知的、科学的な言動と、それとは全く裏腹《うらはら》な性格描写が繰り返され、読者を翻弄《ほんろう》する「楽しさ」を持つ。文章の運びを見ても、時に饒舌《じょうぜつ》であり、時に真面目であり、巧みな緩急自在のいいコツを弁《わきま》えた「話芸の妙」――そこには、落語のはしりを思わせる話運びを用いた異色の短編である。

姫君の性格異常を分析して、萎黄《いおう》病（グリーン・シックネス）患者としての病理診断をくだす説も非常に興味深く、この姫君を必ずしも「理知的な性格で、かつ文明批評がある」と賞讃するだけでは済ませ得ない一面があることを考慮に入れておきたい。

姫君の風采《ふうさい》、蛇《くちなわ》に似せたプレゼントの品、右馬《うま》の佐《すけ》たちの女装――こうした趣向の背景には、王朝末期の物語『とりかへばや』『有明けの別れ』など、また『餓鬼草子』『病草子』絵巻に見られる、いわば世紀末的な精神的所産が考えられよう。それにしても、計十種を超える虫の登場には驚かされる。男性の作か。末尾「二の巻にあるべし」など、「遊びの精神」が横溢《おういつ》する。

[一]蝶《ちょう》めづる姫君のすみ給《たま》ふかたはらに、[二]按察使《あぜち》の大納言の[三]御むすめ、心にくくなべてならぬさまに、親《おや》たちかしづき給ふことかぎりなし。この姫君《ひめぎみ》の[四]のたまふこと、

「人々の、花、蝶《ちょう》やとめづるこそ、はかなくあやしけれ。人は[五]まことあり、[六]本地《ほんじ》たづねたるこそ、心ばへをかしけれ」とて、よろづの虫《むし》の、おそろしげなるをとりあつめて、「これがならむさまをみむ」とて、さまざまなる籠箱《こばこ》どもに入れさせ給ふ。なかにも、

「[七]かは虫《むし》の、心ふかきさましたるこそ心にくけれ」とて、明《あ》け暮《く》れは、[八]耳《みみ》はさみをして、[九]手《て》のうらにそへふせて、[一〇]まぼり給ふ。

若《わか》き人々は、おぢまどひければ、[一一]男《お》の童《わらわ》の、ものおぢせず、

一 テンポの速さ、新奇な起筆。「話芸」の巧みさ。二 地方官の治績・民情を調査・視察する官職。従四位相当。納言以上の兼官。三「御」をつけ敬意を示すと同時に異様な趣味・性格を揶揄した。

毛虫好きの姫君に気も動転する侍女

四 同じく、珍奇な発言を敬語で強調し印象づける筆法。五 誠実な心。六 仏教語。本質から化現した花や蝶を愛さず、本体・実体を求めよ。七 毛虫。「鬚虫。一名、烏毛虫。和名、加波無之」(和名抄)。八 額髪を耳のうしろに掻きやって。本来は侍女の仕草。九 手のひら。一〇 本来、貴公子を添い臥させる姫君が、こともあろうに、毛虫を添え臥せる。一一 下賤な男の童を使う。

いふかひなきを召《め》しよせて、箱《はこ》の虫どもをとらせ、名をとひ聞き、いま新《あたら》しきには名《な》をつけて、興《きよう》じ給《たま》ふ。

「[一]人はすべて、つくろふところあるはわろし」

とて、[二]眉《まゆ》さらにぬき給はず、歯黒《はぐろ》め、さらにうるさし、きたなしとて、つけ給はず、いと白《しろ》らかにゑみつつ、この虫《むし》どもを、朝夕《あしたゆふべ》に愛《あい》し給ふ。人々おぢわびて逃《に》ぐれば、その[三]御方《おんかた》は、いとあやしくなむののしりける。かくおづる人をば、「[四]けしからず、[五]はうぞくなり」とて、いと[六]眉黒《まゆぐろ》にてなむにらみ給ひけるに、いとど心地《ここち》なむまどひける。

親《おや》たちは、「いとあやしく、さまことにおはするこそ」と思《おぼ》しけれど、

「思しとりたることぞあらむや。あやしきことぞ。思《おも》ひて聞こゆることは、深《ふか》く、[七]さ、いらへ給へば、いと[八]ぞかしこきや」

と、[九]これをもいとはづ[一〇]かしと思したり。

一 大上段から振りかぶった言い回し。高尚な発言のあと化粧の異様さに注意。
二 眉毛を抜き眉墨をつけ、お歯黒するのが女性の身だしなみ。
三 姫君のこと。丁重な言い方のあと、「ののしりける」と、彼女を揶揄し嘲弄する表現。
四 悪い、異様である。
五 下品なこと。「放俗」の意か。異形の姫君が、逆に侍女たちを非常識だとなじる矛盾さ加減に注目。
六 前文に、「いと白らかにゑみつつ」とあった。
七 そのように応答なさるので。八 恐れ入ったことだ。

理づめの言葉に親たちも困り果てる

九 異常な性格はもとより、理屈っぽく親に抗弁する点

「さはありとも、音《おとぎ》聞きあやしや。人は、みめをかしきことをこそこのむなれ。むくつけげなるかは虫《むし》を興《きよう》ずなると、世の人の聞かむも、いとあやし」

と聞こえ給へば、

「くるしからず。[一一]よろづのことどもをたづねて、末《すゑ》をみればこそ、[一二]ことはゆゑあれ。いとをさなきことなり。かは虫《むし》の蝶《ちよう》とはなるなり」

[一三]そのさまのなりいづるを、とりいでてみせ給へり。

「[一四]きぬとて人々の着《き》るも、蚕《かいこ》のまだ羽根《はね》つかぬにしいだし、蝶になりぬれば、[一五]いともそでに、あだになりぬるをや」

とのたまふに、いひかへすべうもあらず、あさまし。さすがに、親たちにもさしむかひ給はず、「[一六]鬼《おに》と女とは人にみえぬぞよき」と案《あん》じ給へり。母屋《もや》の簾《すだれ》をすこし巻《ま》きあげて、几帳《きちよう》[一七]いでたてて、かくさかしく[一八]いひいだし給ふなりけり。これを若き人々聞き

をも。一〇 目も当てられぬ、と悲嘆の思い。
一一 「よろづの事、もとをたづねて」の意か。
一二 物事の因果関係はわかる。一三 実証性を重んずる理づめな性格を活写する。
一四 着物・衣の意か。「絹」説も。
一五 「袖にする」(のけものにする。放り出す)の用例あるか。「喪袖にて」と説き、服喪の墨染めの袖と考える説も。
一六 当時の諺(ことわざ)か、姫君独自の警句か。「鬼」は「隠」(目にみえぬもの)の意。変態的かつ非社会性をもつ姫君だが、一方では常識的な一面を持つ。こうした言動の意外性に着目したい。
一七 押し立てて。
一八 得意そうに。

て、

「いみじく[一]さかし給《たま》へど、心地《ここち》こそまどへ、この御遊《あそ》びものは。いかなる人、蝶《ちょう》めづる姫君に[二]つかまつらむ」

とて、兵衛《ひょうえ》といふ人、

[三]いかでわれとかむかたなきしかならばかは虫《むし》ながらみるわざはせじ

といへば、小大輔《こだいふ》といふ人、笑ひて、

[四]うらやまし花や蝶《ちょう》やといふめれどかは虫《むし》くさき世《よ》をもみるかな

などいひて笑《わら》へば、

「[五]からしや。眉《まゆ》はしもかは虫だちたんめり。さて、[六]歯ぐきは皮のむけたるにやあらむ」

とて、左近《さこん》といふ人、

「[七]冬くれば衣《ころも》たのもしさむくともかは虫おほくみゆるあたり

一 不詳。もてはやす、ひけらかす意か。
二 お仕えしているのでしょう。
三 どうして姫君を説得できないのかしら。ならば毛虫など見ずに辞めてしまおう。本文・解釈ともに諸説ある。
四 羨ましいこと。世間では花よ蝶よといって楽しんでいるようだけれど、私たちは、毛虫くさい憂き目をみるなんて。
五 つらいわねえ。
六 歯の白さを表現したか。萎黄病患者の症状として、歯槽膿漏になった紫黒色の歯ぐきを描写した、との説も。このあたり、姫君への敬語がなく、女房たちの軽蔑の気持が出ている。
七 冬がくると着物の心配がなくて頼もしいこと。寒く

は

衣《きぬ》など着ずともあら[八]なむかし」

などいひあへるを、[九]とがとがしき女聞《き》きて、

「若人《わこうど》たちは、なにごといひおはさうとするぞ。蝶めで給ふなる人も、もはらめでたうも覚《おぼ》えず。けしからずこそ覚《おぼ》ゆれ。さてまた、[一〇]かは虫ならべ蝶といふ人ありなむやは。ただそれが[一一]もぬくるぞかし。そのほどをたづねてし給ふぞかし。それこそ心ふかけれ。蝶はとらふれば、手《て》[一二]にきりつきて、いとむつかしきものぞかし。また蝶は、とらふれば、[一三]わらは病《やみ》せさすなり。あなゆゆしともゆゆし」

といふに、いとどにくさまさりていひあへり。

　この虫どもとらふる童《わらわ》べには、をかしきもの、かれがほしがるものを賜《たま》へば、さまざまに恐《おそ》ろしげなる虫どもをとりあつめて奉《たてまつ》る。

とも暖かそうな毛虫がいっぱいの住まいですもの。

若い侍女のかげ口を諌める老い女房

八 着ないでいらっしゃればよろしいのに。

九 口やかましい。こうるさい。

一〇 趙高の故事(鹿をさして馬となす)を踏まえ、蝶と皮虫とに応用して姫君を弁護した。

一一 脱皮する。「身脱(ぬ)く」の転。

一二 蝶の羽根の粉(鱗粉)が手について。

一三 おこり。「寒熱並作、二日一発之病也」(和名抄)。粉に毒があって、時にかぶれることの意か。

「かは虫は、毛などはをかしげなれど、一おぼえねばさうざうし」

とて、二いぼじり、三かたつぶりなどをとり集《あつ》めて、歌《うた》ひ、ののしらせて聞《き》かせ給《たま》ひて、われも声をうちあげて、

「四かたつぶりのつのの、あらそふや、なぞ」

といふことを、うち誦《ずん》じ給ふ。童《わらわ》べの名《な》は、例のやうなるはわびしとて、虫《むし》の名をなむつけ給ひたりける。五けらを、六ひきまろ、七いなかたち、八いなごまろ、九あまひこなどなむつけて、召しつかひ給ひける。

かかること世に聞こえて、いとうたてあることをいふなかに、ある上達部《かんだちめ》のおほむ子《こ》、うちはやりてものおぢせず、愛敬《あいぎよう》づきたるあり。この姫君のことを聞きて、「さりとも、これにはおぢなむ」とて、帯《おび》のはしのいとをかしげなるに、一〇くちなはのかたをいみじく似せて、うごくべきさまなどしつけて、一一いろこだ

一 一般に、「故事や詩歌などの典拠が思い出されないのでつまらない」と説くが、意を尽くさぬ表現ではある。
二 蟷螂、かまきり。「この虫進むを知りて退くを知らず。力を量らずして、軽く敵に就く」（韓詩外伝）。蟷螂の斧で有名。
三 「舞へ舞へかたつぶり、舞はぬものならば、馬の子や牛の子に蹴ゑさせてむ、踏み破らせてむ、まことにうつくしく舞ふたらば、華の園まで遊ばせむ」（梁塵秘抄）。
四 「蝸牛角上（かぎゅうかくじょう）何事をか争ふ、石火光中この身を寄す」（和漢朗詠集）。

もの好きな貴公子
蛇に似た贈り物を

五 螻蛄、おけら。
六 蝦蟇、ひきがえる。
七 不詳。稲蜻蛉か。
八 蚱蜢、

ちたる[一二]懸袋《かけぶくろ》にいれて、結びつけたる文《ふみ》をみれば、

[一三]はうはうも君があたりにしたがはむ長《なが》き心のかぎりなき身
は

とあるを、なに心なく御前《おまえ》にもて参《まい》りて、

「袋《ふくろ》など、あくるだにあやしく重《おも》たきかな」

とてひきあけたれば、くちなは、首《くび》をもたげたり。人々、心をまどはしてののしるに、君《きみ》はいとのどかにて、「[一四]南無阿弥陀仏《なもあみだぶつ》、南無阿弥陀仏」とて、「[一五]生前《そうぜん》の親《おや》ならむ。なさわぎそ」とうちわななかし、

「[一六]かろし。かやうになまめかしき[一七]うちしも、[一八]けちゑんに思はむぞ。[一九]あやしき心なりや」

と、うちつぶやきて、ちかくひきよせ給ふも、さすがに恐《おそ》ろしく覚《おぼ》え給ひければ、[二〇]立《た》ちどころ居《い》どころ蝶《ちょう》のごとく、□[二一]せみ声《こえ》にのたまふ声《こえ》の、いみじうをかしければ、人々逃げさりきて笑《わら》

いなご。九 蛹、やすで。一〇 蛇。一一 うろこ。一二 紐をつけ首にかける袋か。一三 這いながら、あなたのお側につき従いましょう。永く変わらぬ長い心を持ち続ける私ですから。一四 「南無(なあ も)」は梵語。阿弥陀仏は西方浄土におられる仏の名号。一五 生まれる前(前世)の親。「生前(存命中)の親(しん、親戚・身寄り)」と解く向きも。一六 罪が軽かったのだ。一七 奥ゆかしく美しい姿の間だけは。諸説あり。一八 結縁(成仏の因縁を結ぶ)とも、血縁とも。「掲焉」説も。一九 蛇をこわがるとはけしからぬ心ですよ。二〇 「虫めづる」姫に対する皮肉まじりの描写。二一 一字分欠字。

ひいれば、しかしかと聞こゆ。

「いとあさましく、むくつけきことをも聞くわざかな。さるもののあるをみるみる、みな立ちぬらむことこそ、あやしきや」

とて、[一]大殿《おとど》、太刀《たち》をひきさげて、もて走りたり。よくみ給《たま》へば、いみじうよく似《に》せてつくり給へりければ、手にとり持《も》ちて、

「いみじう、ものよくしける人かな」とて、

「[二]かしこがり、ほめ給ふと聞きてしたるなんめり。返《かえ》り事《ごと》をして、[三]はやくやり給ひてよ」

とて、わたり給ひぬ。人々、つくりたると聞きて、「けしからぬわざしける人かな」といひ、にくみ、「返り事せずは、[四]おぼつかなかりなむ」とて、[五]いとこはく、すくよかなる紙《かみ》に書き給ふ。[六]仮名《かな》は[七]まだ書き給はざりければ、片仮名《かたかんな》に、

「[八]契りあらばよき極楽《ごくらく》にゆきあはむまつはれにくし虫の姿《すがた》は

一 父の按察使大納言。
二 あなたが利口ぶって、虫をほめなさると聞いて。
三 早く細工物を捨てなさいよ。早く返歌をせよ、の意とも。
四 きまりがつかず、気がかりでしょう。
五 ごわごわした丈夫な紙。姫君の用いる料紙ではない。
六 草がな。女手として、女性の用いるべきもの。
七 当時の女性の習俗として、片仮名のあと平仮名を習ったか。一種の誇張表現で、男まさりの姫君は、自然に男手の片仮名を覚えたのかも知れない。

ごわごわの紙に片かなで返歌の姫君

八 ご縁があれば来世は極楽で逢いましょう。そばには居にくいですよ、そんな虫

九福地《ふくち》の園《その》に」

とある。一〇右馬《うま》の佐《すけ》み給ひて、「いとめづらかに、さまことなる文《ふみ》かな」と思ひて、「いかでみてしかな」と思ひて、一一中将といひあはせて、一二あやしき女どもの姿《すがた》をつくりて、按察使《あぜち》の大納言のいで給へるほどにおはして、姫君のすみ給ふかたの北面《きたおもて》の立《たて》蔀《じとみ》のもとにてみ給へば、男《お》の童《わらわ》の一三ことなることなき、草木どもにたたずみありきて、さていふやうは、

「この木にすべて、いくらも歩《あり》くは、いとをかしきものかな」

と、「これ御覧《ごらん》ぜよ」とて、簾《すだれ》をひきあげて、「いとおもしろきかは虫こそ候《さぶら》へ」といへば、一四さかしき声にて、「いと興《きよう》あることかな。こち持《も》てこ」とのたまへば、「取りわかつべくも侍《はべ》らず。一五ただここもと御覧ぜよ」といへば、あららかに踏《ふ》みていづ。

一六簾《すだれ》をおしはりて、枝《えだ》をみはり給ふをみれば、一七かしらへ衣着《きぬき》あ

の姿では。

九 福徳の生ずる園の意か。

一〇 右馬寮の次官。正六位下相当。

一一 近衛府の次官、従四位下相当。右馬の佐の友人。

一二 賤しい女の姿に変装して。男っぽい姫君を相手に、女装する男達。世紀末の時代思潮を示す。

一三 別になんの変哲もない。

一四 はきはきして、女らしくない声。

一五 この所(簀子、すのこ)まで出て来て。

一六 簾(すだれ)を手で外側に突き出して。その隙間から、姫君の姿が右馬の佐たちに見える。

異様な顔つき、衣服の趣味も風変り

一七 頭へかぶるように着物を着る意か。

げて、髪《かみ》も[一]さがりば清《きよ》げにはあれど、けづりつくろはねばにや、[二]しぶげにみゆるを、眉《まゆ》いと黒く、[三]はなばなとあざやかに、すずしげにみえたり。口《くち》つきも愛敬《あいぎやう》づきて、清《きよ》げなれど、歯黒《はぐろ》めつけねば、いと世《よ》づかず。「化粧《けそう》したらば、清げにはありぬべし。心うくもあるかな」と覚《おぼ》ゆ。

かくまでやつしたれど、みにくくなどはあらで、いとさまことに、[四]あざやかにけだかく、はれやかなるさまぞ[五]あたらしき。[六]練色《ねりいろ》の[七]綾《あや》の袿《うちき》ひとかさね、[八]はたおりめの[九]小袿《こうちき》ひとかさね、[一〇]白き袴《はかま》を、このみて着給《きたま》へり。この虫を、いとよくみむと思《おも》ひて、さしいでて、

「あなめでたや。日にあぶらるるが苦《くる》しければ、こなたざまにくるなりけり。これを一《ひと》つも落《おと》さで追《お》ひおこせよ。童《わらは》べ」とのたまへば、つき落とせば、はらはらと落つ。[一一]白き扇《おうぎ》の、墨《すみ》黒《ぐろ》に[一二]真名《まな》の手習《てならひ》したるをさしいでて、「これに拾《ひろ》ひ入れよ」と

一 垂髪の下った端(はし)。
二 色つやを失った状態。髪筋のなめらかでない様子とも。
三 派手にくっきりと。白い顔と対照的な黒い眉。
四 王朝的な朦朧としたところなく、鮮明な美しさと気品の高さ。男っぽく近寄りがたい姫君の雰囲気。
五 あたら惜しい。六 薄黄色がかった白。地味で、当時ならば四十年配の女性に似合う。
七 綾絹。模様を織り出す。
八 蟋蟀(きりぎりす)の古名。今のこおろぎ。
九 上に小袿、下に袿と単(ひとえ)を重ねて着る。
一〇 姫君は深紅の袴を着るのが普通。白色は男性用。
一一 夏用で、竹骨に紙を張った蝙蝠扇(かわほりおうぎ)のこと。

のたまへば、童《わらは》べとりいづる。一三みな君達《きんだち》も「あさましう、災難《さいなん》あるわたりに、一四こよなくもあるかな」と思ひて、一五この人を思ひて、いみじと君は見給ふ。一六童《わらは》のたてる、あやしとみて、

「かの立蔀《たてじとみ》のもとにそひて、一七清《きよ》げなる男《おとこ》の、さすがに姿つきあやしげなるこそ、のぞきたてれ」

といへば、この一八大輔《たいふ》の君といふ、

「あないみじ。御前《おまえ》には、例《れい》の、虫興《むしきよう》じ給ふとて、あらはにやおはすらむ。つげ奉《たてまつ》らむ」

とて参れば、例《れい》の、簾《すだれ》の外《と》におはして、かは虫《むし》ののしりて、はらひ落《お》とさせ給ふ。いとおそろしければ、ちかくはよらで、

「入《い》らせ給へ。端《はし》あらはなり」と聞こえさすれば、「これを一九制《せい》せむと思ひていふ」と覚えて、

「それ、二〇さばれ、二一ものはづかしからず」

とのたまへば、

一二 漢字の草書であろう。以上、彼女の趣好はすべて妙齢の姫君らしくない。王朝美を踏みはずした容姿・言動。
一三 君達(右馬の佐・中将)みな、の意か。一四 ひどい事もあるなあ。一五 姫君。
一六 立っていた童が、おかしいと見咎めて。
一七 女装を見破られた。
一八 姫君付きの侍女。
一九 制止する。
二〇 さもあらばあれ。えい、ままよ。
二一 なんの恥ずかしいことなんてあろうや。

一 とても立派な人。「はずかしげ」は、こちらが気後れするほど立派な人、の意。
二 母屋のなかでご覧なさいませ。姫君の性格を熟知し

「あな心う。そらごとと思《おぼ》し召すか。その立蔀《たてじとみ》のつらに、い[一]とはづかしげなる人侍《はべ》るなるを。[二]奥《おく》にて御覧《ごらん》ぜよ」といへば、「けらを、[三]かしこにいで、みてこ」とのたまへば、たちはしりていきて、「まことに侍《はべ》るなりけり」と申せば、[四]たちはしり、[五]かは虫《むし》は袖《そで》に拾《ひろ》ひいれて、はしり入《い》り給《たま》ひぬ。たけだちよきほどに、髪《かみ》も[六]袿《うちき》ばかりにて、いと多《おお》かり。すそもそがねば、ふさやかならねど、[七]ととのほりてなかなかうつくしげなり。

「[八]かくまであらぬも、[九]世《よ》のつねび、ことざま、気配《けはい》もてつけぬるは、[一〇]くちをしうやはある。まことに、[一一]うとましかるべきさまなれど、いと清《きよ》げに、けだかう、[一二]わづらはしきけぞことなるべき。あな、くちをし。などか、いとむくつけき心なるらむ。かばかりなるさまを」

と思《おぼ》す。

ている大輔の君の言葉。前出の若き人々(兵衛・小大輔)の言動と、うまく書き分けられている。

三 事の実否を確かめる姫君の実証的な態度。

四 小走りに走る姫君らしからぬ挙動。後文にも「はしり入り」とある。

男の透き見を確認
袖に虫入れて退散

五 逃げ込む一瞬、毛虫を忘れず袖に拾い入れるところ、姫君の面目躍如たる所作。

六 袿の丈ばかりの長さがあって。髪長姫として、美人の条件は整っている。

七 全体的な容姿の調和美をいうか。八 この姫君ほど器量よしでない者でも。

九 世間一般になじんだ有様やもの腰。一〇 残念だと感じられることとあろうや。

右馬《うま》の佐《すけ》、「ただ帰らむは、いとさうざうし。見けりとだに知らせむ」とて、一三畳紙《たとうがみ》に一四草《くさ》の汁《しる》して、

一五かは虫の毛《け》ぶかきさまをみつるよりとりもちてのみまもるべきかな

とて、扇《おうぎ》してうちたたき給へば、童《わらわ》べいできたり。「これ奉《たてまつ》れ」とて、とらすれば、一六大輔《たいふ》の君といふ人、

「この、かしこにたち給へる人の、御前《おまえ》に奉れとて」

といへば、とりて、

一七「あないみじ。一八右馬《うま》の佐《すけ》のしわざにこそあんめれ。心うげなる虫をしも興《きょう》じ給へる御顔《おんかお》を見給ひつらむよ」

とて、さまざま聞こゆれば、一九いひ給ふことは、

二〇「思《おも》ひとけば、ものなむはづかしからぬ。人は二一夢《ゆめ》まぼろしのやうなる世に、たれかとまりて、あしきことをもみ、よきをもみ思ふべき」

一一 親しみにくい様子だが。一二 虫好きという厄介な癖。一三 懐紙。鼻紙や歌の詠草に用いる。一四 虫好きの姫君への細工。一五 毛深く、また心深いあなたの様子を見てからは、ずっと忘れずにお世話しようと思うことだ。一六「この、かしこに…奉れとて」との童の伝言を受けて、右馬の佐の歌を手にし、姫君に見せた。一七 まあ大変です。以下、大輔の君の言葉。一八 色好みの男として、右馬の佐はよく知られた存在であったらしい。一九 姫君の講釈の始まりを皮肉る雰囲気。二〇 悟ってみれば。二一 永久に生きながらえ得ぬ夢幻(ゆめまぼろし)の世で、何を善だ悪だと、絶対的に判断できようや。

とのたまへば、いふかひなくて、若き人々おのがじし心うがりあへり。

一この人々、返《かえ》り事《ごと》やはあるとて、しばしたち給《たま》へれど、童《わらわ》べをもみなよびいれて、心うしといひあへり。二ある人々は、三心づきたるもあるべし、四さすがにいとほしとて、

五人に似《に》ぬ心のうちはかは虫《むし》の名をとひてこそいはまほしけれ

右馬《うま》の佐《すけ》、

六かは虫にまぎるるまゆの毛《け》の末《すえ》にあたるばかりの人はなきかな

といひて、笑ひて帰りぬめり。七二の巻《まき》にあるべし。

一 右馬の佐たち。一説に、「女房たちは、返事など不必要と、暫く待っている右馬の佐たちを無視して」と。二 そこに居る女房たちのなかには。三 返事をせぬのは無愛想だと気づいた者も。四 知らぬふりでは気の毒だ。五 変わり者の私の心のなかは、毛虫の名を尋ねるように、あなたの名前を尋ね聞いてから申し上げたい。六 毛虫に見まがうようなあなたの眉の毛深さ、その思慮深さに及ぶ人は、この世にはおりませんよ。七 続編があるかに見せかける作者のゼスチュアとも。また古典的に見せようとする作者の意図とも。芥川龍之介が、「奉教人の死」に、架空の書「れげんだ・おうれあ」を掲げた技巧が思い出される。

ほどほどの懸《け》想《そう》

ほどほどの懸想　「このついで」に似て、「ほどほどにつけて」の三者三様の恋の実相を描いていく。賀茂の祭の頃に始まって、

(一)小舎人童《ことねりわらわ》と女《め》の童《わらわ》との屈託《くったく》のない恋(下層階級)。それは純な恋、童かたぎの恋であった。ついで、

(二)若侍《わかざむらい》と女房との遊戯的な恋(中層階級)。これはあだな恋、若者かたぎの恋といえよう。最後に、

(三)頭《とう》の中将《ちゅうじょう》と故式部卿《しきぶきょう》の宮の姫君とのもの憂い恋(上層階級)。どこかアンニュイな恋、公達《きんだち》かたぎの恋といえようか。

見事に書き分けた、これもオムニバス形式による傑作である。賑《にぎ》やかな王朝の路上のスナップ・ショットに誘い込まれた読者は、次第に「はかなげな女の悲恋の物語」の世界を味わわされ、最後に、恋に溺れ切れぬわが身の厭世観《えんせいかん》を持て余す男君の姿を見て、うぶな明るい第一話の、躍動感あふれる恋との〝隔たり〟に驚かされる。そこに一つの「人生の流れ」があった。『風葉和歌集』恋五に歌一首入集。「逢坂越えぬ権中納言」と相前後する時期の成立か。知的に構築され、短編として一つの完成した姿を示す。

[一]祭《まつり》のころは、なべていまめかしうみゆるにやあらむ、あやしき小家《こいえ》の[二]半蔀《はじとみ》も、葵《あおい》など[三]かざして心地《ここち》よげなり。童《わらわ》べの[四]衵《あこめ》、袴《はかま》きよげにて、さまざまの[五]物忌《ものいみ》どもつけ、化粧《けそう》して、われも劣《おと》らじと[六]いどみたる気色《けしき》どもにて、ゆきちがふはをかしくみゆるを、ましてそのきはの[七]小舎人《ことねり》、随身《ずいじん》などは、ことに[八]思《おも》ひとがむるも、ことわりなり。

とりどりに[九]思《おも》ひわけつつ、ものいひたはぶるるも、なにばかりはかばかしきことならじかしと、あまたみゆるなかに、[一〇]いづくのにかあらむ、[一一]薄《うす》色きたる、髪《かみ》は丈《たけ》ばかりある、かしらつき、様態《ようだい》などもいとをかしげなるを、[一二]頭《とう》の中将《ちゅうじょう》の御《おん》小舎人童《ことねりわらわ》、思《おも》ふさまなりとて、いみじうなりたる梅《むめ》の枝に、葵《あおい》をかざしてとらすとて、

一 賀茂神社の祭。四月の中の酉の日に行われ、葵祭という。二 蔀の一種。下半分は格子または板を打ち、上半分は外側につり上げる。

祭の頃、小舎人童と女の童の純な恋

三 半蔀を擬人化したいい方。
四 単(ひとえ)と下襲(したがさね)との間に着込む衣。
五 柳の木を削った札や忍ぶ草に物忌と書き、冠や簾にかける。童女の装飾用。
六 張り合う。競争する。
七 小舎人童。近衛の中・少将が召し連れる童。
八 関心を持つ。魅せられる。
九 相手を選り分け、恋を語らう。ふざける。一〇 どこの女(め)の童(わら)だろうか。一一 薄紫色の衣。汗衫(かざみ)か。一二 蔵人所の長官。近衛中将を兼ねる。

一梅が枝《え》にふかくぞたのむおしなべてかざすあふひのねもみてしがな

といへば、

二しめのなかのあふひにかかる木綿《ゆう》葛《かずら》くれどねながきものとしらなむ

と、三おしはなちていらふもされたり。四「あな聞《き》きにくや」とて、五笏《さく》して走《はし》りうちたれば、「そよ、六そのなげきの森《もり》の、もどかしければぞかし」など、七ほどほどにつけては、かたみにいたしなど思《おも》ふべかんめり。そののち、つねにゆきあひつつも語《かた》らふ。

いかになりにけむ、うせ給《たま》ひにし八式部卿《しきぶきょう》の宮《みや》の姫君のなかに九なむさぶらひける。宮などとくかくれ給ひにしかば、心ぼそく思《おも》ひなげきつつ、一〇下《しも》わたりに、人ずくなにてすぐし給ふ。一一上《うえ》は、宮《みや》のうせ給《たま》ひけるをりに、さまかへ給ひにけり。姫君《ひめぎみ》の御《おん》かたち、例《れい》のことといひながら、なべてならずねびまさり給へば、

一 この梅の枝に私の恋も実るよう神頼みします。葵の根にあやかって、今日の逢う日に共寝したいもの。
二 葛(かずら)は手繰(たぐ)り寄せても根が長く届かないように、逢う日に寝るなど無理とご承知なさいませ。
三 突き放して応答するのも。
四 洒落(しゃれ)ている。
五 本来、束帯(そくたい)の時に持つ板切れ。それで童女をぶった。
六 大隅の歌枕地名。大勢の女を嘆き(投げ木＝笏)の底に落とす浮気っぽさ、非難されて当然でしょ。七 身分相応に、お互いは随分かわいいと。八 式部省の長官。皇族の就任が多い。
九 その童女が仕えていた。
一〇 下京。さびれた場末。
一一 式部卿の宮北の方。

「いかにせまし、[一二]内裏《うち》などに思《おぼ》し定《さだ》めたりしを、いまはかひなく」など[一三]思しなげくべし。

[一四]この童《わらわ》、来《き》つつみるごとに、たのもしげなく、宮《みや》のうちも、さびしく[一五]すごげなる気色《けしき》をみて語《かた》らふ。

「[一六]まろが君《きみ》を、この宮《みや》に通《かよ》はし奉《たてまつ》らばや。まだ[一七]定《さだ》めたるかたもなくておはしますに、いかによからむ。[一八]ほどはるかになれば、思《おも》ふままにも参《まい》らねば、[一九]おろかなるとも思《おぼ》すらむ。また、[二〇]いかにとうしろめたき心地《ここち》もそへて、さまざまやすげなきを」

といへば、

「さらに今は、[二一]さやうのことも思しのたまはせずとこそ聞けば」

[二二]といふ。

「[二三]御《おん》かたち、めでたくおはしますらむや。[二四]いみじき御子《みこ》たちなりとも、[二五]あかぬところおはしまさむは、いとくちをしから

一二 亡き父宮は、宮中にさし上げたいと。
一三 母尼は。
一四 恋仲の小舎人童が、彼女の仕えている宮邸に通って来るたびに。

互いの主(頭の中将と没落の姫君)の結婚を

一五 荒涼として冷え冷え。
一六 私のご主人の頭の中将様を。 一七 決まった奥方。
一八 あなた(童女)の転職で恋の通い路が遠くなって。
一九 愛情の薄い人だと。
二〇 私(小舎人童)の方でも、あなたのことが気がかりとなり、心が落ち着かなくて。
二一 姫君の結婚のことを母尼が。 二二 女の童が。
二三 姫君のご容貌は。
二四 いくら皇族出のお嬢様だからといって。
二五 器量に欠けるところ。

む」

といへば、

「一あな、あさまし。いかでか。み奉《たてまつ》らむ人々のたまふは、「二よろづむつかしきも、御前《ごぜん》にだに参《まい》れば、なぐさみぬべし」とこそのたまへ」

と語《かた》らひて、三あけぬれば往《い》ぬ。

かくいふほどに、年もかへりにけり。四君《きみ》の御方《おんかた》に若《わか》くて候《さぶら》ふ男《おとこ》、五このましきにやあらむ、定《さだ》めたるところもなくて、この童《わらわ》にいふ。

「六その、通《かよ》ふらむところはいづくぞ。さりぬべからむや」

といへば、

「八条の宮《みや》になむ。七知《し》りたる者候《ものさぶら》ふめれども、八ことにわかうどあまた候《さぶら》ふまじ。ただ、九中将、侍従《じじゅう》の君などいふなむ、一〇かたちもよげなりと聞き侍《はべ》る」

一 まあひどい、どうしてそんなこと。二 どんなにうっとうしい時でも。

三 夜が明けたので小舎人童は立ち去った。

四 頭の中将のお邸に。

五 色好みの性格か、また決まった妻もなくて。

好き心の男、姫君の侍女に恋の訴え

六 お前の通う所(彼女が仕えている没落の姫君の邸)はどこか。然るべき器量の女たちが居るのか。

七 私を見知っている女が仕えているようですが。

八 とりわけ若い女たちは大勢仕えてはいないでしょう。

九 没落した姫君邸に仕える侍女たち。一〇 器量も見た目によさそうだと。

二 小舎人童の恋人である童女を介して、私の文をそ

といふ。

「さらば、[一一]そのしるべして伝《つた》へさせよ」とて文《ふみ》とらすれば、

「[一二]はかなの御懸《おんけ》想《そう》かな」といひて、もていきてとらすれば、

「あやしのことや」といひて、もてのぼりて、[一三]「しかしかの人」とてみす。手《て》もきよげなり。柳《やなぎ》につけて、

[一四]「したにのみ思《おも》ひみだるる青柳《あおやぎ》のかたよる風はほのめかさずや

[一五]知《し》らずはいかに」とある。

「御返《おんかえ》り事《ごと》なからむは、いと古《ふる》めかしからむ。[一六]今《いま》やうは、なかなかはじめのをぞし給《たま》ふなる」

などぞ笑《わら》ひても[一七]どかす。すこしいまめかしき人にや、

[一八]ひとすぢに思《おも》ひもよらぬ青柳《あおやぎ》は風につけつつさぞみだるらむ

今《いま》やうの手《て》の、かどあるに書きみだりたれば、をかしと思ふに

うした女房に伝えさせよ、の意。一二 その場限りの、とりとめないご恋慕ですね。一三 姫君に仕える女房のもとに、その文を童女が持っていって。一四 人知れずあなたに思い乱れるわが心を、乱れる青柳の糸を縒(よ)りかける風が、それとなく知らせないでしょうか。一五「知るや君知らずはいかにつらからむわがかくばかり思ふ心を」(拾遺集・恋二)。一六 当世風には、むしろ最初に返事をなさるとか。一七 その気にさせる。一八 一筋に思い定めた女のいないあなたは、青柳の糸に風が吹くまま、浮気の虫にさぞや心乱しておられることでしょう。風葉集・恋五所収に「ほど〳〵の懸想の式部卿宮姫君侍従」。

や、[一]まもらへてゐたるを、[二]君み給《たま》ひて、うしろよりにはかに、[三]ばひとり給ひつる。

「[四]たがそ」と[五]つみひねり問《と》ひ給へり。「[六]しかしかの人のもとになむ。なほざりにや侍《はべ》る」と聞こゆ。「[七]我れも、いかでさるべからむたよりもがな」と思《おぼ》すあたりなれば、目《め》とまりてみ給ふ。

「同《おな》じくは、ねむごろにいひおもむけよ。[八]もののたよりにもせむ」

などのたまふ。

[九]童《わらわめ》を召して、[一〇]ありさまくはしく問《と》はせ給ふ。ありのままに、心ぼそげなるありさまを語《かた》らひ聞こゆれば、「あはれ、[一一]故宮《こみや》のおはせましかば」。[一二]さるべきをりはまうでつつ見しにも、よろづ思《おも》ひあはせられ給ひて、「[一三]世《よ》のつねに」など、ひとりごたれ給ふ。[一四]わが御上《おんうえ》も、はかなく思《おも》ひつづけられ給ふ。いとど世《よ》も

一 好き男は、じっと見とれていたのを。
二 主(あるじ)の頭の中将が。
三 奪い取ってしまわれた。
四 誰からの手紙だ。
五 中将が、男を抓(つね)ったり捻(ひね)ったりして。
六 これこれの女のもとにやった返事でして。どうせ気まぐれでしょうよ。
七 頭の中将も、ちょうど式部卿の宮の姫君に通う手づるを求めていた。

姫君に寄せる頭の中将のもの憂き恋

八 その女を、姫君への手引きに役立たせよう。
九 中将は、小舎人童をお呼びになって。
一〇 八条の宮の現状を。
一一 式部卿の宮がご存命ならば。
一二 かつて宮邸にお伺いし

あぢきなく覚《おぼ》え給へど、また、[一五]いかなる心のみだれにかあらむとのみ、[一六]つねにもよほし給ひつつ、[一七]歌《うた》などよみて問《と》はせ給ふべし。[一八]いかでいひつきしなど、思《おぼ》しけるとかや。

て、お住まいを拝見したが。
一三 引歌未詳。
一四 自分の身の上までが、はかないものと。
一五 どうした心の乱れによってこうなのか、とばかり。
一六 いつも恋の炎(ほのお)が燃えあがってきて。
一七 姫君に恋の歌を詠んで便りなどなさるようだ。
一八 どうして姫君にいい寄ってしまったのか。

逢坂《おうさか》越《こ》えぬ権中納言

逢坂越えぬ権中納言　『堤中納言物語』のなかで、唯一の成立年代の明らかな作品。天喜《てんき》三年(一〇五五)五月三日、「六条斎院《ろくじょうのさいいん》禖子《ばいし》内親王家物語歌合《ないしんのうけものがたりうたあわせ》」巻八に、「あふさかこえぬ権中納言　こしきふ」として、作品のなかの歌「君が代の——」が採られている。小式部は、『後拾遺集』『千載集』その他の勅撰集に計六首の歌が入集、また禖子内親王家の歌合にも五度出場、後拾遺時代の女流歌人の一人と思われるが、その出自《しゅつじ》、出仕先とも諸説あって判然としない。

五月《さつき》待つ花橘《はなたちばな》から暑い夏にかけての、二つの部分からなる佳作。前半は根合《ねあわせ》・管弦に関する部分。讃美の言葉に囲まれた中納言は、さぞや満たされた想いに心などむかと思いきや、後半が、宮の姫君に対する悲恋を主題とする、鮮《あざ》やかな明と暗を切り分ける筆致。

なお、この一編の幕切れの筆法は巧み。歌一首を最後にとどめて、以後の男君と女君との恋の推移を、すべて読者によすがとして残し、話を切り上げたのは、「話芸」の一つの姿といえよう。

永承《えいしょう》六年(一〇五一)後冷泉《ごれいぜい》天皇「殿上根合《てんじょうねあわせ》」を素材にしたか。今日《こんにち》でいう〝キワ物〟的な素材として注目され、長編物語への発展を内包する構成とも。

五月《さつき》[一]まちつけたる花橘《はなたちばな》の香《か》も、昔《むかし》の人恋《こ》ひしう、秋[二]のゆふべにも劣《おと》らぬ風にうちにほひたるは、[三]をかしうもあはれにも思《おも》ひ知《し》らるるを、山《やま》[四]ほととぎすも里《さと》なれて語《かた》[五]らふに、三日月《みかづき》のか[六]げほのかなるは、をりからしのびがたくて、例《れい》の宮[七]わたりにおとなはまほしう思《おぼ》さるれど、かひあらじとうちなげかれて、あ[八]るわたりの、なほなさけあまりなるまでと思《おぼ》せど、そなたはものうきなるべし。いかにせむとながめ給《たま》ふほどに、

「内裏《うち》に御遊《おんあそ》[九]びはじまるを、ただいま参《まい》らせ給《たま》へ」

とて、蔵人《くろうど》の少将《しょうしょう》参《まい》り給へり。「またせ給ふを」など、そそのかし聞こゆれば、ものうながら、「車《くるま》さしよせよ」などのたまふを、少将、

「いみじう、[一〇]ふさはぬ御気色《おんけしき》の候《さぶら》ふは、頼《たの》[一一]めさせ給へるかた

一「さつき待つ花橘の香(か)をかげば昔の人の袖の香ぞする」(古今集・夏)。

恋煩いの男君、誘われて管弦の宴に

二「いつとても恋しからずはあらねども秋の夕べはあやしかりけり」(古今集・恋一)。三 明るい五月の感興と昔の人恋しい哀感とを思い知らされるものだが。四「足引(あしひき)の山時鳥(やまほととぎす)里なれてたそがれ時に名告りすらしも」(拾遺集・雑春)。五 時鳥を擬人化。六 形、光。七 主人公(中納言)が恋する相手の姫宮。八 ある女のもと、わずらわしいほど想いを寄せてくる相手。九 管弦の宴。一〇 気乗りがしないご様子なのは。一一 頼みにさせていらっしゃる女性が。

の、うらみ申すべきにや」

と聞こゆれば、

「かばかりあやしき身を、うらめしきまで思《おも》ふ人はたれか[一]」

などいひかはして、参《まい》り給《たま》ひぬ。琴《こと》、笛《ふえ》などとりちらして、調[二]べまうけて、またせ給ふなりけり。ほどなき月も雲がくれぬるを、[三]星《ほし》の光《ひかり》に遊《あそ》ばせ給ふ。[四]この方《かた》つきなき[五]殿上人《てんじょうびと》などは、ねぶたげにうちあくびつつ、[六]すさまじげなるぞわりなき。

御遊《おんあそ》びはてて、中納言、[七]中宮の御方《おんかた》にさしのぞき給へれば、若《わか》き人々、心地《ここち》よげにうち笑《わら》ひつつ、

「いみじき[八]方人《かたうど》参《まい》らせ給へり。あれをこそ」

などいへば、「なにごとせさせ給《たま》ふぞ」とのたまへば、

「明後日《あさて》、[九]根合《ねあわせ》し侍《はべ》るを、いづかたにか寄《よ》らむと思《おぼ》し召《め》す」

と聞こゆれば、

「[一〇]あやめも知らぬ身なれども、[一一]ひきとり給はむ方《かた》にこそは」

一　だれがおりましょうや。
二　あらかじめ調子を整えて。
三　五月ならば、五月闇(さつきやみ)のもとで時鳥の声を聞き、管弦の宴に興じるところを。
四　音楽の方面に心得がない。
五　四、五位(蔵人は六位も)で清涼殿の殿上(てんじょう)の間(ま)に昇り得る人。
六　つまらなそうな様子なのはあまりにひどい。
七　皇后と同資格に近い后(さき)。
八　味方。仲間に属するグループ。

中宮のもと、根合の計画にお声が…

九　左右に分かれ菖蒲(あやめ)の根の長さを争う遊戯。
一〇　「ほととぎす鳴くや五月(さつき)のあやめ草あやめも知らぬ恋もするかな」(古今集・恋一)。事の筋道もわき

とのたまへば、

「あやめも知らせ給はざんなれば、右《みぎ》には不用《ふよう》にこそは。さらばこなたに」

とて、[一二]小宰相《こさいしよう》の君《きみ》、[一三]おしとり聞こえさせつれば、[一四]御心《おんこころ》もよるにや、

「から仰《おお》せらるるをりも侍《はべ》りけるは」

とて、[一五]にくからずうち笑《わら》ひて、いで給ひぬるを、

「[一六]例《れい》の、つれなき御気色《おんけしき》こそわびしけれ。かかるをりは、[一七]うちもみだれ給へかし」

とぞみゆる。右《みぎ》の人、

「さらば、こなたには[一八]三位《さんみ》の中将《ちゆうじよう》を[一九]よせ奉《たてまつ》らむ」

といひて、[二〇]殿上《てんじよう》によびにやり聞こえて、

「かかることの侍るを、こなたによらせ給へと頼《たの》み聞こゆる」

まえぬ身と菖蒲草も知らぬ身。

一一 方人(かたうど)として引き取ってくださる側にお味方を。

一二 中宮付きの侍女。

一三 強引に中納言を味方に取り込んでさしあげると。

一四 中納言のお気持も左方(ひだりがた)に傾くのだろうか。

一五 品よくほほえんで帰っていかれるのを。

一六 いつも真面目ぶったお顔がもの足りないわねえ。

一七 冗談でもいって、たわむれかかってくださればいいのに。

一八 三位で、四位相当官の近衛の中将を勤める者。

一九 味方につけてさしあげよう。

二〇 清涼殿(せいりょうでん)の殿上の間に。

と聞[一]こえさすれば、

「[二]ことにも侍らぬ。心《こころ》の思《おも》はむかぎりこそは」

と、たのもしうのたまふを、

「[三]さればこそ。[四]この御心《おんこころ》は、[五]そこひ知《し》らぬ恋路《こいじ》にも、おりたち給《たま》ひなむ」

と、かたみにうらやむも、宮はをかしう聞かせ給《たま》ふ。

中納言、さこそ心にいらぬ気色《けしき》なりしかど、[六]その日になりて、えもいはぬ根《ね》どもひき具《ぐ》して参《まい》り給《たま》へり。小宰相《こさいしょう》の局《つぼね》にまづおはして、

「[七]心をさなくとりよせ給ひしが心苦《くる》しさに、[八]若々《わかわか》しき心地《ここち》すれど、[九]安《あ》積《さか》の沼《ぬま》をたづねて侍《はべ》り。さりとも負《ま》け給はじ」

とあるぞたのもしき。いつの間《ま》に思《おも》ひよりけることにか、[一〇]いひすぐすべくもあらず。[一一]右《みぎ》の中将《ちゅうじょう》おはしたんなり。

「いづこや。いたう暮《く》れぬほどぞよからむ。中納言は、まだ

一 使いの者に言上(ごんじょう)させると。
二 おやすい御用ですよ。
三 ほら、やっぱり思った通りよ。四 中将のお気持では。
五 底知れぬ泥のなかにも、きっと下り立って、根を取ってくださるでしょう。泥(こひじ)・恋路は歌語。六 五月五日、根合の日。
七 深いお考えもなしに、私のような者を味方になさったのがお気の毒なので。
八 安易に引き受けて、菖蒲の根を探すなど、子供っぽい所作と思うが。九「菖蒲草ひく手もたゆき長き根のいかで安積の沼に生ひけむ」(金葉集・夏)。藤原実方が陸奥下向の折に、五月五日ながら菖蒲がなく花かつみを葺かせたという説話がある。一〇 いくらほめても

参《まい》らせ給《たま》はぬにや」

と、[一二]まだきにいどましげなるを、[一三]少将の君、

「[一四]あな、をこがまし。[一五]御前《おまえ》こそ、御声《おんこえ》のみ高《たか》くておそかんめれ。[一六]かれはしのめよりいりゐて、ととのへさせ給ふめり」

などいふほどにぞ、[一七]かたちよりはじめて、同《おな》じ人ともみえず、[一八]はづかしげにて、

「[一九]などとよ。このおきな。ないたういどみ給ひそ。[二〇]身もくるし」

とてあゆみいで給《たま》へる。御年《おんとし》のほどぞ廿《にじゅう》に一二ばかりあまり給ふらむ。

「さらば、とくし給へかし。み侍《はべ》らむ」

とて、人々参《まい》りつどひたり。

[二一]方人《かたうど》の殿上人《てんじょうびと》、心々にとりいづる根《ね》のありさま、いづれもいづれも劣《おと》らずみゆるなかにも、左《ひだり》のは、[二二]なほなまめかしき気《け》さ

ほめ過ぎということはない。
一一 三位の中将のこと。
一二 まだ始まりもしないのに、挑戦的な様子なのを。
一三 右側の侍女の一人。
一四 まあ、ばかげたことを。
一五 あなた様こそ。相手に敬意を示す表現。
一六 あちら様では、東の空が白み始めるころから。
一七 容貌を始め、中納言の様子すべてが。 一八 当方が気後れするほど立派で。
一九 一体なにをそんなに。この年寄りを相手に。中納言自身わざと老成ぶって「翁」と自称。諧謔表現。
二〇 身動きも大儀です。
二一 左右それぞれの侍女が、後援する殿上人に根を持って来させた。 二二 根の長さを競う以外に、飾り紐や薬玉をつけて立派さを争う。

へそひてぞ、中納言のしいで給《たま》へる。合《あ》はせもてゆくほどに、一持《じ》にやならむとみゆるを、左《ひだり》のはてにとりいでられたる根《ね》ども、二さらに心およぶべうもあらず。三位《さんみ》の中将、いはむかたなくまもりゐ給へり。「左勝《ひだりか》ちぬるなんめり」と、方人《かたうど》の気色《けしき》、三したり顔《がお》に心地《ここち》よげなり。

根合《ねあわせ》はてて、歌《うた》のをりになりぬ。左《ひだり》の講師《こうじ》四左中弁《さちゅうべん》五、右のは四位の少将、よみあぐるほど、小宰相《こさいしょう》の君《きみ》など、いかに心つくす六らむとみえたり。

「四位の少将、いかに。七おくすや」

と、八あいなう、中納言うしろみ給ふほどねたげなり。

左

九君が代のながきためしにあやめ草ちひろにあまる根《ね》をぞひきつる

右

一 引き分け。
二 思いも及ばぬほど立派なものであった。
三 してやったりと得意顔。
四 歌を読みあげて披露する役目。五 太政官に属し正五位上相当。大政を統理する。

続く歌合、帝と中宮との長寿を祝う

六 中納言(左)側だけに、侍女としてやきもきする。
七 気後れしちゃだめよ。右側の侍女がいう。
八 中納言が左方(ひだりがた)を応援なさるのを、ひどくねたましそうである。
九 君が代の長く続くことにあやかって、千尋(ちひろ)に余る菖蒲の長い根を引いてきました。天喜三年五月三日、六条斎院禖子内親王家物語歌合・巻八に「あふさかこえぬ権中納言　こしきふ」と

一〇なべてのとたれかみるべきあやめ草安積《あさか》の沼《ぬま》の根《ね》にこそあ
りけれ

とのたまへば、一一中将、「さらに劣《おと》らじものを」とて、

一二いづれともいかがわくべきあやめ草おなじ淀野《よどの》に生《お》ふる根《ね》
なれば

とのたまふほどに、一三上《うえ》聞《き》かせ給《たま》ひて、ゆかしう思《おぼ》し召《め》さるれば、しのびやかにてわたらせ給へり。宮の御覧《ごらん》ずる所によらせ給ひて、

「をかしきことの侍りけるを、などか告《つ》げさせ給はざりける。中納言、三位など、方《かた》わかるるは、一四たはぶれにはあらざりけることにこそは」とのたまはすれば、

一五「心による方《かた》のあるにや、一六わくとはなけれど、さすがにいどましげにぞ」

など聞こえさせ給ふ。

して採歌。また風葉集・賀に、「中宮の根合に、よみ人しらず　逢坂越えぬ」とある。

一〇 だれがありふれた根と思いましょうや。なるほど手に入れにくい立派な安積の沼の菖蒲の根だったのですね。左方を讃美する右側の女房たちの気持を含むか。

一一 意地を張った右方の三位の中将は。

一二 どちらの菖蒲がすぐれていると、どう見分けつきましょうか。どうせ同じ淀野に生えた根なのですから。

一三 帝。一四 遊び半分ではすまなかったことだろうに。

一五 中宮の返事。それぞれひいきの女房がいるのでしょうか。

一六 一派に分裂というほどではないですが。

「小宰相《こさいしょう》、[一]少将が気色《けしき》こそいみじかんめれ。いづれ勝《か》ち負《ま》けたる。さりとも、中納言負《ま》けじ」

など仰《おお》せらるるや、ほの聞こゆらむ、中将[二]、御簾《みす》のうちうらめしげにみやりたる尻目《しりめ》も、[三]らうらうしく愛敬《あいぎょう》づき、人よりことにみゆれど、なまめかしう[四]はづかしげなるは、なほたぐひなげなり。

「むげにかくてやみなむも、[五]名残《なご》りつれづれなるべきを。[六]琵《び》琶《わ》の音《ね》こそ恋《こ》ひしきほどになりにたれ」

と、中納言、[七]弁《べん》をそそのかし給《たま》へば、

「そのこととなきいとまなさに、みな忘《わす》れにて侍るものを」

といへど、のがるべうもあらずのたまへば、[八]盤渉調《ばんしきじょう》にかい調《しら》べて、[九]はやりかにかきならしたるを、中納言、たへずをかしうや思《おぼ》さるらむ、[一〇]和琴《わごん》とりよせて、ひきあはせ給《たま》へり。この世《よ》のことも聞《き》こえず。三位《さんみ》横笛《よこぶえ》、四位《しい》の少将[一一]拍子《ひょうし》とりて、蔵人《くろうど》の少

一　右方の侍女。少将の君。負けじとばかり競い合う左方（小宰相の君）と右方の様子を楽しむ帝の言葉。
二　三位の中将。
三　すぐれて利発。
四　圧倒されるほど立派な中納言の様子。
五　根合・歌合が終ったあとの余韻がなくては寂しい。
六　白楽天「琵琶行」を引用した中納言の教養。別れを惜しむ情を琵琶に託する。
七　左中弁。その言葉も「琵琶行」を暗喩した言い回し。
八　雅楽の十二律の一つ。秋八月の調べ。ロ調に当たる。
九　軽妙に。一〇　大和琴（やまとごと）。六弦で神楽（かぐら）・東遊（あずまあそび）の演奏に用いる。
一一　笏（しゃく）拍子。二枚の板をたたき調子を取る。
一二　催馬楽（さいばら）の曲名。「伊

将[一二]伊勢《いせ》の海うたひ給《たま》ふ。声《こえ》まぎれずうつくし。

上《うえ》は、さまざまおもしろく聞かせ給《たま》ふなかにも、中納言は、めづらしかううちとけ、心にいれてひき給《たま》へるをりは少《すく》なきを、めづらしう思《おぼ》し召《め》す。あすは[一三]御物忌《おんものいみ》なれば、夜ふけぬさきにとく帰《かえ》らせ給ふとて、左《ひだり》の根《ね》のなかにことに長《なが》きを、[一四]ためしにもとて持《も》たせ給《たま》へり。中納言[一五]まかりで給ふとて、

「[一六]階《はし》のもとの薔薇《そうび》も」

とうち誦《ずん》じ給《たま》へるを、若《わか》き人々は、あかずしたひぬべくめで聞こゆ。かの宮《みや》わたりにも、[一七]おぼつかなきほどになりにけるをと、おとなはまほしう思《おぼ》せど、いたうふけぬらむとて、うちふし給へれど、まどろまれず。

「[一八]人はものをや」

とぞいはれ給ひける。[一九]またの日、あやめもひきすぎぬれど、名《な》残《ご》りにや、[二〇]菖蒲《そうぶ》の紙《かみ》あまたひきかさねて、

勢の海の　伊勢の海の　清き渚の　しほがひに　なのりそや摘まむ　貝や拾はむや　玉や拾はむや」。

一三 禁中の物忌。天一神（てんいちがみ）の塞（ふた）がりを犯すを忌んで謹慎する。 一四 立派な根の例証にでもと。

一五 「まかりいで」の約。

一六 「甕（もたい）のほとりの竹葉（ちくよう）（酒の異名）は春を経て熟す。階のもとの薔薇は夏に入りて開く」（和漢朗詠集・上・首夏、白楽天）。

一七 時の経過で、姫宮の動静が気がかりなのである。

一八 「夏の夜を寝ぬに明けぬといひおきし人はものをや思はざりけむ」（和漢朗詠集・夏夜、読み人しらず）。

一九 翌日、五月六日。

二〇 襲（かさね）の色目。表が青（または白）裏が紅梅。

[一]きのふこそひきわびにしかあやめ草ふかきこひぢにおりた
　ちしまに

と聞こえ給《たま》へれど、例《れい》のかひなさを思《おぼ》しなげくほどに、はかなく五月《さつき》もすぎぬ。[二]地《つち》さへ割《わ》れて照《て》る日《ひ》にも、袖《そで》ほす[三]世《よ》なく思《おぼ》しくづほるる。十日余日《よひ》の月くまなきに、宮《みや》にいとしのびておはしたり。[四]宰相《さいしょう》の君《きみ》に消息《しょうそく》し給へれば、

[五]「はづかしげなる御《おん》ありさまに、いかで聞こえさせむ」

といへど、

[六]「さりとて、もののほど知らぬやうにや」

とて、妻戸《つまど》おしあけ[七]対面《たいめん》したり。[八]うちにほひ給へるに、よそながら[九]うつる心地《ここち》ぞする。なまめかしう、心ふかげに聞こえつづけ給ふことどもは、[一〇]奥《おく》の夷《えびす》も思《おも》ひ知りぬべし。

「例《れい》のかひなくとも、[一一]かくと聞きつばかりの御言《おんこと》の葉《は》をだ

一 昨日は菖蒲の根を引きわびて、淋しく過ごしました。深い泥路(こひじ)―恋路に降り立ちましたまま。
二 「水無月(みなづき)の土さへさけて照る日にも我が袖ひめや妹に逢はずして」(拾遺集・恋三)。「照る日」の「日」と対語。 三 「世」と「夜」。

思案に暮れ、縁を頼りに姫君を訪問

四 まず姫宮付きの女房(宰相の君)への案内を、取次ぎの者に頼む。
五 あまりにご立派な中納言様に、どうして応対など申し上げられましょう。
六 とはいえ、物事の分別も弁(わきま)えないようで。
七 主語は宰相の君。 八 中納言の薫香があたりに匂っている状態。 九 移り香に染まってしまう感じがする。

に」

とせめ給《たま》へば、「一二いさや」とうちなげきてゐるに、一三やをらつづきていりぬ。一四ふし給《たま》へるところにさしよりて、

「時々《ときどき》は、一五端《はし》つ方《かた》にてもすずませ給《たま》へかし。あまり一六むもれゐたるも」

とて、

「一七例《れい》のわりなきことこそ。一八えもいひ知らぬ御気色《おんけしき》、つねよりもいとほしうこそみ奉《たてまつ》り侍《はべ》れ。「一九ただひとこと聞こえ知らせまほしくてなむ。二〇野にも山にも」と、二一かこたせ給《たま》ふこそ。わりなく侍る」

と聞こゆれば、

「いかなるにか、心地《ここち》の例《れい》ならず覚《おぼ》ゆる」

とのたまふ。「いかが」と聞こゆれば、「二二例《れい》は宮《みや》に教《おし》ふる」とて、動《うご》き給《たま》ふべうもあらねば、「かくなむ聞こえむ」とてたちぬる

一〇 蝦夷(えびす)。後冷泉・白河朝ごろ、騒然たる北辺の情勢を反映した流行語。
一一 こう聞いたとだけでも。
一二 否定、懐疑的な応答。
一三 続いて、そっと屋内に入り込む中納言。
一四 姫宮の臥しておられる所へ、宰相の君が。
一五 廂の間(母屋の外)。
一六 ひきこもっておられるのも。
一七 例によって、中納言様が困ったことばかり。
一八 いいようもなく思いつめたご様子。
一九 以下、中納言の言葉を代弁する宰相の君。
二〇「うち頼む人の心のつらければ野にも山にもいざ隠れなむ」(素性法師集)。
二一 恨み言をおっしゃって。
二二 いつもは私に「軽率に男へ返事などなさるな」と教えているのに。

を、声[一]をしるべにてたづねおはしたり。思《おぼ》しまどひたるさま心くるしければ、

「[二]身のほど知らず、なめげにはよも御覧《ごらん》ぜられじ。ただ一声《ひとこえ》を」

といひもやらず、涙《なみだ》のこぼるるさまぞ、[三]さまよき人もなかりける。宰相《さいしょう》の君《きみ》、[四]いでてみれど人もなし。「[五]返《かえ》り事《ごと》聞きてこそいで給はめ。[六]人にもののたまふなんめり」と思ひて、しばしまち聞こゆるに、おはせずなりぬれば、「なかなかかひなきことは聞かじなど思《おぼ》して、いで給《たま》ひにけるなんめり。いとほしかりつる御気色《おんけしき》を、[七]われならば」とや思ふらむ、[八]あぢきなくうちながめて、[九]うちをば思ひよらぬぞ、心おくれたりける。

宮は、[一〇]さすがにわりなくみえ給ふものから、心つよくて、あけゆく気色《けしき》を、中納言も、えぞあらだち給はざりける。[一一]心のほども思《おぼ》し知れとにや、[一二]わびしと思したるを、たちいで給《たま》ふべき

一 物陰に隠れていた中納言が、入れ違いに姫君の御座へ。
二 以下、中納言の言葉。
三 これ以上、すばらしい人はないほどの美しさだった。
四 姫宮の部屋から出て見たが、誰もいない。
五 返事を聞いてなら、中納言様もお帰りになられようけれど。
六 女房たちに話しかけておられるのだろう。
七 私だったらお帰しなどしないだろうに。
八 役にも立たぬ思案にふけって。中納言様のお相手が私だったら…の思い。

報われず、別れ際に恨み言をいって

九 姫宮のお部屋のうちにまで。一〇 困り果てたご様子ながら。「さすがに」は「心

心地《ここち》はせねど、「みる人あらば、ことあり顔《がお》にこそは」と、人一三の御《おん》ためいとほしくて、

「いまよりのちだに、思《おぼ》し知らず顔《がお》ならば、心うくなむ。な一四ほつらからむとや思《おぼ》し召《め》す。一五人はかくしも思ひ侍らじ」

とて、

一六うらむべきかたこそなけれ夏衣《なつごろも》うすきへだてのつれなきやなぞ

つよくて」にかかる。一一 切ない心中をお察しあれというのか。「たちいで給ふべき心地はせねど」にかかる。中納言の心中。一二 主語は姫宮。一三 姫宮の立場がお気の毒になって。一四 やはりつれなくなさろうとお思いですか。「つらからむ人のためにはつらからむつらきはつらきものと知らせむ」(紫明抄、源氏物語・薄雲)。一五 世間の人は皆、私どもが潔白な関係だとは思いますまい。一六 あなたのつれなさを恨みようもない。夏衣のようにいま一歩の薄い隔てなのに、なお無情なのはどうしてでしょうか。「夏衣薄きながらぞ頼まるるひとへなるしも身に近ければ」(拾遺集・恋三)。

貝_{かい}
合_{あわせ}

貝合　九月《ながつき》の有明《ありあ》け月に誘われた蔵人《くろうど》の少将が垣間見《かいまみ》た童心の世界。権勢《けんせい》を誇る姫君と、かたや落魄《らくはく》の姫君、そこに競い合う女《め》の童《わらわ》たち。現存最古の貝合は、長《ちょう》久《きゅう》元年（一〇四〇）五月六日庚申《こうしん》「斎宮良子内親王家貝合《さいぐうりょうしないしんのうけかいあわせ》」で、当然その影響があろう。

はじめ風景描写のなかで、優雅なムードが展開すると思いきや、次々に会話の連発、一言聞き逃すと、話のつながりが分からなくなる。やはり話芸の要素が十二分に浸透しているといえよう。

この一編の特徴として、数詞が頻出する。時に年齢の表記であり、時に人数を示す。そこに創作の世界を、現実の世界に蘇《よみがえ》らせる術《じゅつ》が発揮されている。つまり、話を立体化するのである。さらに服飾美も具体的に記し、また壺や箱類にいたるまで、製品の材質に言及するなど、神経こまやかな筆致である。

継子《ままこ》いじめ譚《たん》のパターンをたどる末、権勢を誇る姫君と落魄の姫君、その対決の場は――。実はあっけない一編の幕切れ。ただ、その後の推移を読者の想像に委《ゆだ》ね、物語歌合の場に提出されたとすれば、時間的にも恰好《かっこう》な短編。女房の作になるか。『風葉和歌集』雑三に入集。

[一]長月《ながつき》の有明《ありあ》けの月にさそはれて、[二]蔵人《くろうど》の少将、[三]指貫《さしぬき》つきづきしくひきあげて、ただひとり[四]小舎人童《ことねりわらわ》ばかり具《ぐ》して、[五]やがて朝《あさ》霧《ぎり》もよくたちかくしつべく、[六]ひまなげなるに、

「[七]をかしからむところの、あきたらむもがな」

といひてあゆみゆくに、木立《こだち》をかしき家に、[八]琴《きん》の声ほのかに聞こゆるに、いみじううれしくなりてめぐる。門《かど》のわきなど、くづれやあるとみけれど、いみじく築地《ついじ》など[九]またきに、なかなかわびしく、いかなる人のかくひきゐたるならむと、わりなくゆかしけれど、すべきかたも覚《おぼ》えで、例《れい》の、声いださせて随身《ずいじん》にうたはせ給《たま》ふ。

[一〇]ゆくかたも忘《わす》るるばかり朝ぼらけひきとどむめる琴《こと》の声かな

一　陰暦九月。「夜長月」の略。「今来むといひしばかりに長月の有明けの月を待ち出でつるかな」(古今集・恋四)。

有明け月の忍び歩き、妙なる琴の音

二　蔵人所の職員で近衛少将を兼ねる。
三　朝露に濡れぬよう、袴の裾を括り紐でひきあげて。
四　近衛の中・少将が召し連れた少年。牛車の先導など。
五　夜陰さながらに、忍び歩き姿を朝霧が隠してしまうほど。六　霧の切れ目がない。
七　風情ある家で、門のあいているところでもないか。
八　七絃琴。中国渡来の琴で奏法が困難。九　完全で。
一〇　行く先も忘れてしまうほど、この夜明けに私の足を引き留めるような琴の音(ね)ですね。

とうたはせて、まことに、しばし、内《うち》より人やと、心《こころ》ときめきし給《たま》へど、[一]さもあらぬはくちをしくて、あゆみすぎたれば、いとこのましげなる[二]童《わらわ》べ四五人ばかり走《はし》りちがひ、小舎人童《ことねりわらわ》、男《おのこ》など、をかしげなる[三]小《こ》破子《わりご》やうのものをささげ、[四]をかしき文《ふみ》、袖《そで》の上《うえ》にうちおきて、出《い》で入《い》る家《いえ》あり。なにわざするならむとゆかしくて、人目《ひとめ》みはかりて、[五]やをらはひいりて、いみじくしげき薄《すすき》のなかにたてるに、八九ばかりなる女子《おんなご》の、いとをかしげなる、[六]薄色《うすいろ》の衵《あこめ》、[七]紅梅《こうばい》など[八]みだれ着《き》たる、小《ちい》さき貝《かい》を[九]瑠璃《るり》の壺《つぼ》にいれて、あなたより走《はし》るさまの、あわたたしげなるを、をかしとみ給《たま》ふに、[一〇]直衣《なおし》の袖をみて、[一一]「ここに人こそあれ」と、なに心もなくいふに、わびしくなりて、

[一二]「あなかまよ。[一三]聞こゆべきことありて、いとしのびて参《まい》りきたる人ぞ」と、[一四]「より給《たま》へ」といへば、

「あすのこと思《おも》ひ侍《はべ》るに、いまよりいとまなくて、[一五]そそき侍《はんべ》

一 誰も出て来ないのが拍子抜けして。二 女(め)の童。三 なかに仕切りのある白木の食器。四 しゃれた感じの文を。五 こっそり忍び入って。六 薄紫色の衣。単(ひとえ)と下襲(したがさね)の間に着る。七 襲の色目(表が紅、裏は紫)か。季節にあわない。八 着方がだらしない。九 青色の宝石。一〇 薄のなかに立つ蔵人の少将の直衣の袖をみつけて。一一 その童女が、「ここに誰か居るわ」と無邪気にいうので。一二 静かにおし。一三 お話ししたいことがあって。一四 重ねて、少将の言葉。一五 忙しくて落ち着かないのです。一六 早口でまくし立てて。一七 私をいい人だとさえ思ってくださったならば。一八 きっと素

るを」と[一六]さへづりかけて、往《い》ぬべくみゆめり。をかしければ、

「なにごとの、さいそがしくは思《おぼ》さるるぞ。[一七]まろをだに思さむとあらば、[一八]いみじうをかしきことも、人は得《え》てむかし」

といへば、[一九]名残《なごり》なくたちどまりて、

「[二〇]この姫君《ひめぎみ》と上《うえ》の御方《おんかた》の姫君《ひめぎみ》と、[二一]貝合《かいあわせ》せさせ給《たま》はむとて、月ごろいみじくあつめさせ給《たま》ふに、あなたの御方《おんかた》は、[二二]大輔《たいふ》の君、侍従《じじゅう》の君と、貝合《かいあわせ》せさせ給はむとて、いみじく求《もと》めさせ給ふなり。[二三]まろが御前《おまえ》は、ただ若君一《わかぎみひと》ところにて、いみじくわりなく覚《おぼ》ゆれば、ただいまも、[二四]姉君《あねぎみ》の御《おん》もとに[二五]人やらむとて。まかりなむ」

といへば、

「その[二六]姫君《ひめぎみ》たちのうちとけ給《たま》ひたらむ、格子《こうし》のはさまなどにてみせ給《たま》へ」

といへば、

晴しい助けを受けられるのに。「人」は暗に童女をさす。
一九 ぴたっと立ちどまって。
二〇 私の仕える姫君と、本妻の方の姫君とで。二一 貝の形・色彩のよさを競う。
二二 二人とも、あちら側の女房。ライバルである。
二三 私の姫君は、ただ弟君お一人が頼りなので。
二四 のちに名の見える承香殿の御方か。二五 使を出そうというわけで。忙しいので、ではもう行きますよ。
二六 姫君と、側に仕える女房たちを、の意か。

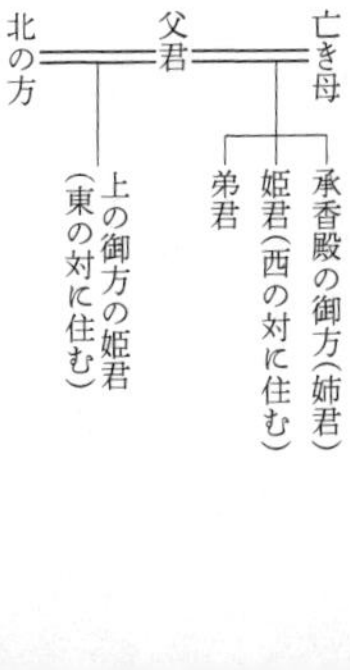

「[一]人《ひと》に語《かた》り給《たま》はば。[二]母《はは》もこそのたまへ」

とおづれば、

「ものぐるほし。まろはさらにものいはぬ人ぞよ。ただ、人《ひと》に勝《か》たせ奉《たてまつ》らむ、勝《か》たせ奉《たてまつ》らじは、[三]心ぞよ。いかなるにか、[四]ひとものいふぞ」

とのたまへば、[五]よろづ覚《おぼ》えで、

「さらば帰《かえ》り給《たま》ふなよ。かくれつくりて据《す》ゑ奉《たてまつ》らむ。人のおきぬさきに、[六]いざ給《たま》へ」

とて、[七]西《にし》の妻戸《つまど》に、[八]屏風《びょうぶ》おしたたみよせたるところに据《す》ゑおくを、[九]ひがひがしく、やうやうなりゆくを、「をさなき子をたのみて、見もつけられたらば、よしなかるべきわざぞかし」など思《おも》ひ思ひ、[一〇]はさまよりのぞけば、十四五ばかりの子《こ》どもみえて、いと若《わか》く[一一]きびはなるかぎり十二三ばかり、[一二]ありつる童《わらわ》のやうなる子《こ》どもなどして、[一三]手ごとに小箱《こばこ》にいれ、物《もの》の蓋《ふた》にいれなどし

一 そんなこと、人にしゃべりなさったら大変です。

貝合の助勢を…と張り切った男君

二 母も、妙な手引きなどするなと、いつもおっしゃいます。三 私の心ひとつですよ。四 人が文句などいうものか。「いかなるに。貝どもの結(ちけ)」(どうするか、貝の勝負は)と訳す向きも。

五 あとさきも考えずに。

六 さあいらっしゃい。

七 殿舎の四すみにある両開きの板戸。八 屏風をたたんで寄せた所に隠し据えた。

九 忍び歩きと随分変わった具合になってゆくのを。

一〇 物陰から覗いてみると。

一一 幼く頼りにならない。

一二 手引きをしてくれた童女。一三 「手」を補う。

一四 母に先立たれた姫君。

て、もちちがひさわぐなかに、母屋《もや》の簾《すだれ》にそへたる几帳《きちょう》のつまうちあげて、[一四]さしいでたる人、わづかに十三ばかりにやとみえて、額髪《ひたいがみ》のかかりたるほどよりはじめて、この世《よ》のものともみえずうつくしきに、[一五]萩襲《はぎがさね》の織物《おりもの》の[一六]袿《うちき》、[一七]紫苑色《しおんいろ》など、[一八]おしかさねたる、[一九]つらつゑをつきて、いとものなげかしげなる。

なにごとならむと、心ぐるしとみれば、十《とお》ばかりなる男《おのこ》に、[二〇]朽葉《くちば》の狩衣《かりぎぬ》、[二一]二藍《ふたあい》の指貫《さしぬき》、しどけなく着《き》たる、同《おな》じやうなる童《わらわ》に、硯《すずり》の箱《はこ》よりはみ劣《おと》りなる[二二]紫檀《したん》の箱《はこ》の、いとをかしげなるに、えならぬ貝《かい》どもをいれて、もてよる。[二三]みするままに、

「[二四]思《おも》ひよらぬくまなくこそ。[二五]承香殿《そきょうでん》の御方《おんかた》などに参《まい》りて、聞こえさせつれば、これをぞ求《もと》めえて侍《はべ》りつれど、[二六]侍従《じじゅう》の君の語《かた》り侍《はべ》りつるは、大輔《たいふ》の君は、[二七]藤壺《ふじつぼ》の御方《おんかた》より、いみじく多くたまはりにけり。[二八]すべて残《のこ》るくまなく、いみじげなるを、いかにせさせ給はむずらむと、道《みち》のままも思《おも》ひまうできつる」

一五 襲の色目。表が蘇芳(すおう)、裏は青。秋に用いる。
一六 襲の上着。唐衣・裳を着用しない。貴婦人の服装。
一七 表が薄紫、裏が青の襲の色目。袿の上の表着。
一八 重ね着。一九 頬杖(ほおづえ)。
二〇 表が山吹、裏が黄の襲の色目。秋の着用。
二一 藍と紅とで染めた色。
二二 東インド原産の材木。器具用として重宝された。
二三 十歳ほどの男子が、貝の入った箱を、同じ年頃の童に見せるやいなや、の意か。二四 心当たりすべてを探しました。二五 姫君と同腹の姉か(系図参照)。
二六 相手側の姫君の侍女(既出)。
二七 上の御方の姫君の縁者。
二八 すっかり探し出して、ご大層な様子ですが。

とて、顔《かお》もつと赤《あか》くなりていひゐたるに、いとど姫君《ひめぎみ》も心ぼそくなりて、

「[一]なかなかなることをいひはじめてけるかな。いとかくは思《おも》はざりしを、[二]ことごとしくこそ求《もと》め給《たま》ふなれ」

とのたまふに、

「[三]などか求《もと》め給ふまじき。[四]上《うえ》は、[五]内大臣殿の上《うえ》の御《おん》もとまでぞ、請《こ》ひに[六]奉《たてまつ》り給ふとこそはいひしか。これにつけても、母《はは》のおはせましかば、あはれ、かくは」

とて、涙《なみだ》もおとしつべき[七]気色《けしき》ども、[八]をかしとみるほどに、このありつる童《わらわ》、

「[九]東《ひんがし》の御方《おんかた》わたらせ給ふ。それかくさせ給へ」

といへば、[一〇]ぬりこめたるところに、みなとりおきつれば、つれなくてゐたるに、はじめの君よりは少《すこ》しおとなびてやとみゆる[一一]人、[一二]山吹《やまぶき》、[一三]紅梅《こうばい》、[一四]薄朽葉《うすくちば》、[一五]あはひよからず、着《き》ふくだみて、髪《かみ》

一　なまじつまらぬことをいい出してしまったね。
二　あちらは大騒ぎして美しい貝をお集めのようね。
三　弟君の言葉か。先方がどうして探さぬことありましょうか。
四　相手の姫君の母北の方。こちらの姫君の継母。
五　内大臣北の方。姉妹か。
六　人を伺わせなさるとか。
七　こちらの姫君と弟君の二人の様子。八　かわいいなと、少将は。九　相手の姫君。東の対に住んでいる。
一〇　四方を壁で塗り込め、衣服・調度を納める所。
一一　北の方の姫君。一二　表が薄朽葉、裏が黄の襲。
一三　表が紅梅、裏が蘇芳。
一四　表が薄朽葉、裏黄か。
一五　配色悪く、着ぶくれ。
一六　こちらの姫君とは較べ

いとうつくしげにて、たけに少《すこ》したらぬなるべし。[一六]こよなくおくれたるとみゆ。

「[一七]若君《わかぎみ》のもておはしつらむは、などみえぬ。「[一八]かねて求《もと》めなどはすまじ」と、たゆめ給ふに、[一九]すかされ奉《たてまつ》りて、よろづはつゆこそ求《もと》め侍《はんべ》らずなりにけれど。いとくやしく、[二〇]少《すこ》しさりぬべからむものは、わけとらせ給へ」

などいふさま、[二一]いみじくしたり顔《がお》なるに、[二二]にくくなりて、「いかで、こなたを勝《か》たせてしがな」と、[二三]そぞろに思《おも》ひなりぬ。この君、

「ここにも、ほかまでは求《もと》め侍らぬものを。[二四]若君《わかぎみ》はなにをかは」

といらへて、ゐたるさまうつくし。うち見まはして[二五]わたりぬ。

[二六]このありつるやうなる童《わらわ》、三四人ばかりつれて、

「わが母《はは》のつねによみ給ひし[二七]観音経、わが御《お》まへ負《ま》けさせ奉

ようもなく見劣りすると、少将には思われる。

苦境の姫君の部屋に乗り込んだ先方

一七 弟君のこと。

一八 お互いに、事前に探し集めなどは止(ゃ)めましょうと、私を油断させなさって。

一九 私はだまされてしまって。二〇 目ぼしいものを少し。二一 随分、得意顔でいうものだから。

二二 少将は憎らしくなって。

二三 なにとなくむしょうに。

二四 弟君は何も持ってきませんでしたよ。二五 東の対の姫君は立ち去った。

二六 さっき少将を導き入れた女の童と同じ年格好の女の童、三、四人ほど連れ立って。二七 観音の功徳を説く法華経第八巻二十五品。

り給《たま》ふな」

ただこの[一]ゐたる戸《と》のもとにしも向《む》きて、念《ねん》じあへる顔《かお》をかしけれど、ありつる童《わらわ》[二]やいひいでむと思《おも》ひゐたるに、立ちはしりてあなたに往《い》ぬ。[三]いと細《ほそ》き声にて、

[四]かひなしとなになげくらむ白波も君がかたには心よせてむ

というたるを、さすがに耳《みみ》とく聞きつけて、

「[五]今かたへに聞き給ひつや。これは、[六]たがいふべきぞ」

「観音のいで給ひたるなり」

「うれしのわざや。姫《ひめ》君の御《お》まへに聞こえむ」

といひて、[七]さいひがてら、おそろしくやありけむ、つれてはしりいりぬ。ようなきことをいひて、[八]このわたりをや見あらはさむと、胸《むね》つぶれて、[九]さすがに思《おも》ひゐたれど、ただいとあわたたしく、

「[一〇]かうから念《ねん》じつれば、仏《ほとけ》ののたまひつる」

一　ちょうど少将の隠れている西の妻戸のもとに向かって。西方浄土へ合掌か。
二　少将の隠れていることを。
三　少将が。
四　いい貝がなくて祈りがいがないとなぜ嘆くのでしょう。忍んでいる白波(盗賊)も、あなた方(潟)に心寄せますから。「貝合の蔵人の少将」として、風葉集・雑三に入集。
五　今の声、そばのあなたお聞きになりまして。
六　誰がいったのかしら。
七　そうはいったものの、恐ろしくもあったからか。
八　この隠れ場所を見つけ出されるかも知れないと。
九　でも、じっとしていたが。
一〇　こうこうお祈りすると、仏さまがおっしゃいました。
一一　こちらの姫君は。

と語《かた》れば、[一一]いとうれしと思《おも》ひたる声にて、

「[一二]まことかはとよ。おそろしきまでこそ覚《おぼ》ゆれ」

とて、つらつゐつきやみて、うち赤《あか》みたるまみ、いみじくうつくしげなり。

「いかにぞ、この[一三]組入《くみいれ》の上《うえ》より、[一四]ふとものおちたらば、まことの仏の御徳《おんとく》とこそは思《おも》はめ」

などいひあへるはをかし。「とく帰《かへ》りて、いかでこれを勝《か》たせばや」と思《おも》へど、昼《ひる》はいづべきかたもなければ、[一五]すずろによくみくらして、夕霧《ゆうぎり》にたちかくれて、[一六]まぎれいでてぞ、[一七]えならぬ洲浜《すはま》の[一八]三間《みま》ばかりなるを、[一九]うつほにつくりて、いみじき小箱《こばこ》をするゑて、[二〇]いろいろの貝《かい》をいみじく多《おお》くいれて、上《うえ》には白銀《しろかね》、黄《こ》金《がね》の、はまぐり、[二一]うつせ貝《がい》などを、[二二]ひまなく蒔《ま》かせて、[二三]手《て》はいと小《ちい》さくて、

[二四]白波《しらなみ》に心をよせてたちよらばかひなきならぬ心よせなむ

一二 まあ本当かしらねえ。
一三 天井の桟を格子状に組んだもの。格(ごう)天井とも。
一四 ひょっこり美しい貝が落ちてきたら。
一五 何となく姫君の住まいを見まわして。
一六 夕霧に紛れて外に出て自宅に戻り、以下の準備をした。
一七 すばらしい洲浜。饗宴の際の飾り物。洲と浜を模した盤上に木石・花鳥など並べたもの。
一八 仕切った囲い三つばかり、の意か。
一九 くぼみを作って。
二〇 色彩の豊かな貝。
二一 巻貝の一種。
二二 びっしり敷きつめて。
二三 字は小さく。
二四 私に心寄せて頼ってくださるなら甲斐あるように味方になりましょう。

とて、ひきむすびつけて、例《れい》の随身《ずいじん》にもたせて、まだあかつきに、門《かど》のわたりをたたずめば、昨日の子《こ》しもはしる。うれしくて、

「[一]からぞ。はかり聞こえぬよ」

とて、ふところよりをかしき小箱《こばこ》をとらせて、

「[二]たがともなくて、さしおかせてき給《たま》へよ。さて、今日のありさまのみせ給《たま》へよ。[三]さらばまたまたも」

といへば、いみじくよろこびて、ただ、

「ありし戸口《とぐち》、[四]そこはまして、けふは人もやあらじ」

とていりぬ。[五]洲《す》浜《はま》、南《みなみ》の[六]高欄《こうらん》におかせて[七]はひいりぬ。やをらみ通《とお》し給《たま》へば、ただ同《おな》じほどなる若《わか》き人ども、廿人《にじゅうにん》ばかり[八]さうぞきて、[九]格子《こうし》あげそそくめり。この洲浜《すはま》をみつけて、

「[一〇]あやしく、たがしたるぞ、たがしたるぞ」

といへば、

一　ほら、このようにね。だましたりいたしませんよ。
二　この立派な貝の小箱を、誰のプレゼントと知らせないで。
三　それじゃ、またね。
四　今日は貝合の日だから、ましてそのような場所は。
五　少将は、随身に持たせた洲浜を。
六　建物の周囲にめぐらせた欄干(らんかん)。手すり。
七　きのうの隠れ所に忍び入った。
八　着飾って。

豪華な洲浜を、観音の助けと信じて

九　格子をあげ騒いでいるようだ。
一〇　まあ不思議なこと。一体だれがしたのでしょう。
一一　そう、わかったわ。
一二　お情け深くていらっし

「さるべき人こそなけれ。思《おも》[一一]ひえつ。この、きのふの仏《ほとけ》のし給《たま》へるなんめり。あはれ[一二]におはしけるかな」とよろこびさわぐさまの、いとものぐるほしければ、いと[一三]をかしくて見ゐ給《たま》へりとや。

やるのねえ。
一三 少将は、すっかり楽しくなって。

思《おも》はぬ方《かた》にとまりする少将

思はぬ方にとまりする少将　物語『夜《よる》の寝覚《ねざめ》』に似て、主題提示による冒頭起筆形式を持つ。両親の死去後、零落《れいらく》の身の姉妹、まさに「はかなげな姫君の悲恋の物語」が始まると思いきや、偶然の出来事から、恋人の姉妹を取り違えた二人の少将の物語。いわば夫婦交換――スワッピングという猟奇趣味を盛り込んだ退廃的な物語が展開する。

この四角関係の将来は、どう発展するのか。『平中物語《へいちゅうものがたり》』に示された「女二人を泊めて――」の話の末尾「のち、いかがなりにけむ」、また「虫めづる姫君」の末尾など、共通した続編創作意識を駆り立て、なお「本《ほん》にも本のままと見ゆ」と技巧をこらしている。

内容的にも『とりかへばや』『有明けの別れ』など、院政期から平安末期にかけての物語に共通したデカダンス趣味にあふれ、そこに新しい一つの男女の姿、新しい性愛の姿があり、一連の〝運命共同体〟を形成したか。

題名が『拾遺集』恋五、源景明《みなもとのかげあきら》の歌「風をいたみ――」に由来するとして、景明とこの作品の作者との係わり合いも注目されよう。右大将の御子息の少将、右大臣の御子息の権少将、これは「花桜折る少将」の筆致を思わせる。

[一]昔物語《むかしものがたり》などにぞ、かやうのことは聞こゆるを、いとありがたきまで、あはれに浅からぬ御契《おんちぎ》りのほど見えし御《おん》ことを、つくづくと思《おも》ひつづくれば、年《とし》のつもりけるほども、あはれに思ひ知られけむ。

大納言《だいなごん》の姫君《ひめぎみ》二人ものし給《たま》ひし、まことに物語[二]に書きつけたるありさまに劣《おと》るまじく、何事につけても生《お》ひいで給《たま》ひしに、[三]故《こ》大納言も母上も、うちつづきかくれ給ひにしかば、いと心ぼそき故里《ふるさと》に、ながめすごし給ひしかど、はかばかしく御乳母《おんめのと》[四]だつ人もなし。ただつねに候《さぶら》ふ[五]侍従《じじゆう》、弁《べん》などいふ若き人々のみ候へば、年《とし》にそへて人目《ひとめ》稀《まれ》にのみなりゆく故里に、いと心ぼそくておはせしに、[六]右大将の御子《おんこ》の少将、知るよしありて、いとせちに聞こえわたり給ひしかど、[七]かやうのすぢは、かけても思《おぼ》し

一 起筆から「思ひ知られけむ」まで、事実談を語り手が追憶として話し出す部分。

落魄した姫君姉妹と二人の少将の恋

二 典型的な深窓の令嬢。美貌で和歌・書道・楽の音にすぐれている。三「はかなげな姫君の悲恋の物語」の一般的なパターン。両親の死・経済的な不如意・若く経験浅い侍女。四 乳母は、実母以上の力を発揮して、養育・後見する保護者。

五 侍従は姉君付き、弁は妹君付きの侍女。ともに若い。

六 右近衛府の長官。大臣や大・中納言が兼官する。その子の少将。いよいよ若い貴公子の登場。零落の姫君と御曹子、これも物語の型。

七 色恋の方面など、全然思い寄りもされず。

よらぬことにて、御返《おんかえ》り事《ごと》など思《おぼ》しかけざりしに、少納言《しょうなごん》の君《きみ》[一]とて、いといたう色めきたる若き人、何のたよりもなく、ふた所、御《おん》とのごもりたるところへ、みちびき聞こえけり。もとより御心《おんこころ》ざしありけることにて、[二]姫君をかきいだきて、[三]御帳《みちょう》のうちへ入《い》り給《たま》ひにけり。思しあきれたるさま、[四]例《れい》のことなれば書かず。

[五]おしはかり給《たま》ふにしもすぎて、あはれにおぼさるれば、うちしのびつつかよひ給ふを、父殿《ちちとの》聞き給ひて、

「人のほど、くちをしかるべきにはあらねど、[六]何かは、いと心ぼそきところに」

など、許しなくのたまへば、思ふほどにもおはせず。[七]君も、しばしこそしのびすごし給ひしか、さすがに、さのみはいかがおはせむ。[八]さるべきに思しなぐさめて、やうやううちなびき給へるさま、いとどらうたくあはれなり。昼《ひる》など、おのづから寝《ね》す

一 姉君付きの侍女。少将側から手引きを頼まれたか。
二 姉君のこと。大君(おおいきみ)。妹君は「若君」「中の君」と書く。後文に、姉君は二十一歳ほど、妹君は三歳ほど年下とある。
三 御帳台(みちょうだい)。台の四隅に柱を立て、帳(とばり)を垂らす。寝所。
四 場面描写を省略する当時の筆法。
五 少将の想像を遥かに越えた姉君の愛らしさ。あやにくな恋の始まり。
六 「心細い暮らしの女のもとへ…」と、父右大将の厳しい叱責。これも当時の物語の類型。
七 姉君。零落の身を恥じ、堪え忍びながら、徐々に少将を迎え入れてゆく。
八 「それも前世の因縁」と諦観する当時の考え方。

ごし給《たま》ふをり、見奉《たてまつ》り給《たま》ふに、いとあてにらうたく、うちみるより、九心ぐるしきさまし給へり。

何事もいと心うく、人目稀《まれ》なる御《おん》すまひに、一〇人の御心《おんこころ》もいと頼みがたく、一一いつまでとのみながめられ給ふに、四五日いぶせくてつもりぬるを、思ひしことかなと心ぼそきに、御袖《おんそで》ただならぬを、我《わ》れながら、いつならひけるぞと思ひ知られ給ふ。

一二人ごころ秋のしるしのかなしきにかれ行《ゆ》くほどの気色《けしき》なりけり

「など手《て》一三ならひになれにし心なるらむ」などやうに、うちなげかれて、やうやう更《ふ》け行《ゆ》けば、ただ一四うたたねに、御帳《みちやう》のまへにうちふし給《たま》ひにけり。

少将、内裏《うち》より出《い》で給ふとて、おはして、うちたたき給ふに、人々おどろきて一五中の君おこし奉りて、わが御方《おんかた》へわたし聞こえなどするに、やがていり給ひて、大将の君のあながちにいざな

九 見るからにいじらしい姉君の様子。
一〇 少将のお気持。
一一 「壁に生(お)ふるいつまで草のいつまでかかれずとふべきしのはらの里」(堀河百首・異伝歌)、「いつまでとわが世の中も知らなくにかねてものを思はするかな」(新勅撰集・恋二)などの歌を踏まえる。
一二 秋の来たしるしに、あの人の心も飽きの兆し。草木の枯れ枯れに、お心も離れてゆく様子ですこと。
一三 もの思う頃の淋しい仕種。
一四 「たらちねの親のいさめしうたたねはもの思ふ時のわざにぞありける」(拾遺集・恋四)。
一五 同室の妹君を自室に移す。

ひ給《たま》ひつれば、[一]初瀬《はつせ》へ参《まい》りたりつるほどのことなど語《かた》り給《たま》ふに、ありつる御手習《おんてなら》ひのあるをみ給ひて、

[二]ときはなる軒《のき》のしのぶを知《し》らずしてかれゆく秋の気色《けしき》とや思ふ

と書きそへてみせ奉《たてまつ》り給へば、いとはづかしうて、御顔《おんかお》ひきいれ給へるさま、いとらうたく子《こ》めきたり。

かやうにて明《あ》かし暮《くら》し給ふに、中の君の御乳母《おんめのと》なりし人はうせにしが、娘《むすめ》一人あるは、[三]右大臣の少将《しょうしょう》の御乳母子《めのとご》の[四]左衛門《さえもん》の尉《じょう》といふが妻《め》なり。たぐひなくおはするよしを[五]語《かた》りけるを、かの左衛門の尉、少将に、

「しかしかなむおはする」

と語《かた》り聞こえければ、[六]按察使《あぜち》の大納言の御《おん》もとには心とどめ給はず、あくがれありき給ふ君なれば、御文《おんふみ》などねんごろに聞こえ給ひけれど、つゆあるべきこととも[七]思《おぼ》したらぬを、姫《ひめ》君も聞

一 桜井市初瀬町の長谷(はせ)寺。奈良時代の創建。

二 常緑の軒の忍ぶ草のように、心変わらぬ私の気持を、飽きて足の遠のくなどとお思いですか。

三 姉君の相手は右大将の子息の少将。妹君に懸想するのが右大臣の子息の少将。官名の類似に注意。

四 左衛門府の三等官。督(かみ)・佐(すけ)に次ぐ武官。右大臣家の少将と乳兄弟。最も忠実な家来に当たる。

五 妻が左衛門の尉に。

六 この姫君が、右大臣の子息、権の少将の北の方であろう。按察使は、地方官の政情や民間の情況を視察する官。納言・参議の兼官。

七 妹君は。

八 少将を通わせながら、相手の父(右大将)が許さぬ不

き給ひて、

「[八]思ひのほかにあはあはしき身のありさまをだに、心うく思ふことにて侍《はべ》れば、まことに[九]つよきよすがおはすなる人を」などのたまふもあはれなり。[一〇]さるは、いくほどの[一一]このかみにもおはせず、姫《ひめ》君は廿《にじゆう》に一《ひと》つなどやあまり給《たま》ふらむ。中の君は、今三《みつ》ばかりやおとり給《たま》ふらむ。いとたのもしげなき御《おん》さまどもなり。

左衛門、あながちに[一二]せめければ、[一三]太秦《うずまさ》にこもり給へるをりを、いとよくつげ聞こえてければ、[一四]何のつつましき御さまなれば、故《ゆゑ》もなく入り給ひにけり。姉《あね》君も聞き給ひて、我《わ》が身こそあらめ、いかでこの君をだに人々しくもてなし聞こえむと思へるを、さまざまにさすらふも、世《よ》の人、聞き思ふらむことも心うく、[一五]なきかげにも、いかにみ給ふらむと、はづかしう、契《ちぎ》りくちをしうおぼさるれど、今はいふかひなきことなれば、[一六]いかがはせ

安定な私の境遇でさえ。

九 れっきとした後ろだて。按察使の大納言の姫君の事。

一〇 その実。分別ありげに忠告する姉君も、実のところ年齢は。

一一 年長。

一二 少将にせっつかれた左衛門の尉が、妻に手引きを強要した。

姉君と少将、妹君の相手も少将とは

一三 京都市右京区の広隆寺。平安人士がよく参籠した。

一四 「何のつつましきことなき御さまなれば」の意。両親は亡くなり、姉君不在ゆえ、遠慮はいらぬ。

一五 亡き両親の霊。

一六 諦めの心情で見守る意。

むにてみ給ふ。

一これもいとおろかならずおぼさるれど、按察使《あぜち》の大納言《だいなごん》聞き給はむところをぞ、父殿《ちちとの》いと急《きゆう》にいさめ給へば、今一方《ひとかた》よりは、いと待ち遠《ど》ほにみえ給ふ。この右大臣殿の少将は、二右大臣の、北《きた》の方《かた》の御《おん》せうとにものし給へば、少将たちも、いとしたしくおはする。かたみに、この三しのび人も知《し》り給へり。右大臣の少将をば、四権《ごん》の少将とぞ聞《き》こゆる。按察使《あぜち》の大納言の御《おん》もとに、この三年ばかりおはしたりしかども、心とどめ給はず、世《よ》とともにあくがれ給ふ。このしのび給ふ御《おん》ことをも、五大将殿におはするなど思はせ給へり。六いづれも、いとをかしき御《おん》ふるまひも、あながちに制《せい》し聞こえ給へば、いといたくしのびて、大将殿へ迎《むか》へ給ふをりもあるを、七いとかるがるしう、つつましき心地《ここち》し給へど、

「今は、のたまはむことをたがへむも、あひなきことなり。

一 こちら(右大臣家)の少将。
二 異説あるが、「父の右大臣が、右大将殿の北の方の兄に当たる」と解する。

右大将
＝――少将
「女(北の方)
「右大臣――権の少将
＝
按察司大納言―女

三 隠し妻(姉君・妹君)のこと。四 「権」(仮の意)一字の違いで、ともに少将。そこを作者は巧みに利用する。
五 右大将邸に出かけるなどと、父右大臣や北の方(按察使の大納言の娘)をごまかす。六 どちらの少将も。
七 招かれて女君が出向くのは、故大納言の姫君の身分から考えて、強い屈辱感を抱いたであろう。
八 わけ知り顔でお勧めする

あるまじきところへおはするにてもなし」

など、八さかしだち、すすめ奉る人々多かれば、九我《わ》れにもあらず時々おはするをりもありけり。

権《ごん》の少将は、一〇大将殿《どの》の上《うえ》の御《おん》かぜのけおはするにことつけて、例《れい》のとまり給へるに、一一いとものさわがしく、まらうどなど多《おお》くおはするほどなれど、いと忍びて一二御車奉《おんくるまたてまつ》り給ふに、一三左衛門《さえもん》の尉も候《さぶら》はねば、時《とき》々もかやうの事に、いとつきづきしき侍《さぶらい》にささめきて、御車奉《おんくるまたてまつ》り給ふ。一四大将殿の上《うえ》、例《れい》ならずものし給ふほどにて、いたくまぎるれば、御文《おんふみ》もなきよしをの給ふ。一五夜いたく更《ふ》けて、かしこにまうでて、一六「少将殿より」とて、

「しのびて聞《き》こえむ」

といふに、人々みな寝《ね》にけるに、姫君の御方《おんかた》の侍従の君に、「少将殿より」とて、御車奉り給へるよしをい一七ひければ、一八ねぼけにける心地に、

侍女たち。物語の舞台回し役として活躍する。九 姉妹の女君たちも心ならず。

一〇 叔母君の風邪お見舞いを口実に、右大将邸に泊り込み、妹君を招こうと企む。

権の少将の計画は妹君と密会のはず

一一 僧や見舞い客の混雑に便乗して、との算段か。

一二 妹君のもとへ。

一三 わけ知りの乳母子の不在が、思わぬ取り違え事件を引き起こす。

一四 以下、権の少将が家来(つきづきしき侍)に命じた妹君への口上。

一五 取り違えの条件の一つ。

一六 「権の少将殿より」といえばよかった。当時、「権」を省く習慣があり、家来も、紛らわしい官名の別人「少将」が出入りする家とは知

「いづれぞ」

とたづぬることもなし。例も参《まい》ることなればと思《おも》ひて、かうかうと君に聞こゆれば、

「文《ふみ》などもなし。「風にや、例《れい》ならぬ」などいへ」

とのたまへば、「御使《おんつか》ひ、こち」といはせて、妻戸《つまど》をあけたれば、より来《く》るに、

「御文《おんふみ》など侍《はべ》らねば、いかなることにか。また御《おん》かぜのけのものし給ふとて」

といふに、

「「大将殿《だいしょうどの》の上《うえ》、御かぜのけのむつかしくおはして、人《ひと》さわがしく侍るほどなれば、このよしを申せ。さきざき御使《おんつか》ひに参《まい》り侍る人も候《さぶら》はぬほどにて」など、かへすがへす仰《おお》せられつるに、むなしく帰《かえ》り参《まい》りては、かならずさいなまれ侍《はべ》りなんず」

といへば、参《まい》りて、しかしかと聞こえてすすめ奉《たてまつ》れば、例の、

らない。一七 取次の者が、姉君付きの侍女(侍従の君)に。一八 侍従の君の大失態。若さからくる寝呆け。

一 姉君に。
二 礼を失した少将(と思っている)への不満。三 取次の者をして、使者に。
四 権の少将の使者が。五 お手紙を差し上げ得ぬ事情を。
六 左衛門の尉のこと。
七 お咎めを受けましょう。
八 侍従の君が、姉君のもとに参上して。
九 侍女の指図や意見に従順なお人柄の姉君。
一〇 薄紫色のやわらかな袿(うちき)で、とても薫物(たきもの)の香が深くしみ込んで好ましいのを。一一 「召して」の誤りか。
一二 必ず侍女がお供する。

[九]人のままなる御心《おんこころ》にて、[一〇]薄《うす》色のなよよかなるが、いとしみふかうなつかしきほどなるを、いとど心くるしげに[一一]しませて、乗《の》り給ひぬ。[一二]侍従ぞ参《まい》りぬる。
[一三]御車《おんくるま》よせて、おろし奉り給ふを、[一四]いかであらぬ人とは思《おぼ》さむ。かぎりなくなつかしう、なめやかなる御気配《おんけはい》は、いとよく通《かよ》ひ給へれば、すこしも思しもわかぬほどに、やうやうあらぬと[一五]みなし給ひぬる心まどひぞ、うつつとは覚《おぼ》えぬや。かの、[一六]むかし夢みしはじめよりも、なかなかおそろしうあさましきに、やがてひきかづき給ひぬ。侍従こそは、「[一七]いかにと侍ることにか」と、

「これは、あらぬことになむ。[一八]御車よせ侍らむ」

と、なくなくいふを、さばかり色《いろ》なる御心には、ゆるし給ひてむや。よりて[一九]ひきはなち聞こゆべきならねば、なくなく几帳《きちょう》のうしろにゐたり。男君は、[二〇]ただにはあらず、いかに思《おぼ》さるるこ

一三 使者は、当然のこと権の少将の所へ行かれる姫君と信じている。よって、その方の車寄せに姉君の車を着けてしまった。
一四 暗がり・忍び逢い・従兄弟同士・姉妹の仲。権の少将・姉君ともども錯覚している面白さを活写。一五 主語は姉君か。一六 少納言の君の采配で、右大将の子息の少将と、夢のような一夜を過ごしたあの頃よりも。
一七 初めて事態の異常を知った侍従の驚き。一八 すぐ帰らせていただきます、の意。一九 侍女の身分・立場から、二人を引き離すこともできず…。
二〇 予想外の出来事に心が動き、どうにかして姉君にも逢ってみたいと思われることもあったからか。

ともありけむ、いとうれしきに、いたくなきしづみ給《たま》ふ気色《けしき》もことわりながら、いとなれ顔《がお》に、一かねてしも思ひあへたらむことめきて、さまざま聞こえ給ふこともあるべし。二へだてなくさへなりぬるを、女は、死《し》ぬばかりぞ心《こころ》うく思《おぼ》したる。三かかることは、例の、あはれも浅からぬにや、たぐひなくぞ思さるる。

あさましきことは、四今一人《ひとり》の少将の君《きみ》も、五母上《うえ》の御《おん》かぜよろしきさまにみえ給へば、六かしこへと思せど、夜《よる》など、七きと尋《たず》ね給《たま》ふこともあらむに、をりふし八なからむもと思して、御車《おんくるま》奉り給ふ。九これは、さきざきも、御文《おんふみ》なきをりもあれば、何《なに》ものたまはず。例の、一〇清季参《きよすえまい》りて、「御車《おんくるま》」といふを、申《もう》しつたふる人も、一一ひとところはおはしぬれば、うたがひなく思ひて、かくと申《もう》すに、これも、いとにはかにとは思せど、今すこし若《わか》くおはするにや、なにとも思ひいたりもなくて、人々御衣《おんぞ》など着《き》せかへ奉りつれば、我《わ》れにもあらでおはしぬ。

一 前々から考えていたことでもあったかのように。
二 衣の隔てなく、肌身を許してしまったこと。
三 風変りな契り。
四 右大将の子息の少将。
五 実母。右大将北の方。
六 姉君のもとへ。
七 急に、ひょいと、の意。
八 家に居らぬのも都合悪かろう。

ついで少将、姉君と密会のはずだが

九 妹君は、姉君と違って手紙のない呼び出しに慣れていた。
一〇 少将の従者。
一一 姉君は、すでに出かけられたので。取次の者は、何ら疑念を持たず、妹君に迎えの来た旨を伝えた。
一二 妹君の供をしてきた侍女。

御車よせに少将おはして、ものなどの給ふに、あらぬ御気配なれば、一二弁《べん》の君《きみ》、「いとあさましくなむ侍る」と申すに、一三君も心とく心え給ひて、日ごろも、いとにほひやかに、みまほしき一四御《おん》さまの、おのづから聞き給ふをりもありければ、いかで、一五思《おも》ふとだにも、など、人知れず思ひわたり給ひけることなれば、

「なにか、あらずとて、うとく思すべき」

とて、かきいだきておろし給ふに、一六いかがはすべき。さりとて、我《わ》れさへ捨《す》て奉《たてまつ》るべきならねば、弁の君もおりぬ。女君《おんなきみ》は、ただわななかれて、動《うご》きだにし給はず。弁いと近《ちか》う、一七つととらへたれど、なにとかは思さむ。

「今はただ、一八さるべきに思しなせ。よに人の御《おん》ためあしき心は侍《はべ》らじ」

とて、几帳《きちやう》おしへだて給へれば、せむかたなくてなきゐたり。

一九これも、いとあはれかぎりなくぞ覚え給ひける。

一三 少将は、前々から、侍従が姉君の、弁が妹君の世話をする侍女と知っていたと思われる。
一四 妹君の。
一五 思いこがれていますとだけでも。「わが魂(たま)を君が心に入れかへて思ふとだにもいはせてしがな」(玉葉集・恋二)。
一六 弁の心情。
一七 妹君のお袖を決して放すまいと。
一八 こうなるはずの前世の縁と。当時の常套文句。
一九 少将もまた妹君へのしみじみ限りない情趣を感じた。

おのおの帰《かへ》り給ふ暁《あかつき》に、御歌《おんうた》どもあれど、例《れい》[一]の、もらしにけり。男《おとこ》も女《おんな》も、いづかたもただ同《おな》[二]じ御心のうちに、あひなう胸《むね》ふたがりてぞ思さるる。さりとて、また、[三]もとをおろかにはあらぬ御思《おんおも》ひどもの、[四]めづらしきにも劣《おと》らず、[五]いづかたもかぎりなかりけるこそ、なかなかふかきしもくるしかりけれ。

「権の少将殿より」

とて[六]御文《おんふみ》あり。おきもあがられ給はねど、人目《ひとめ》あやしさに、弁《べん》の君《きみ》ひろげてみせ奉《たてまつ》る。

[七]思《おも》はずにわが手になるる梓弓《あずさ》ふかきちぎりのひけばなりけり

あはれとみいれ給ふべきにもあらねば、人目あやしくて、さりげなくて、[八]包《つつ》みていだしつ。[九]今一方《ひとかた》にも、「少将殿より」とて[一〇]あれば、侍従の君、胸《むね》つぶれて見せ奉《たてまつ》れば、

[一一]あさからぬ契りなればぞ涙川おなじ流《なが》れに袖ぬらすらむ

一 例によって聞き漏らしてしまった。
二 それぞれ昨夜の相手への思慕の情。
三 もとの相手への想いを、あだおろそかにはしない二人の少将の心情が。
四 今度の予想もしない出来事にもかかわらず。

予想せぬ男女四人の仲、その果ては

五 どちらへの愛情も深かったゆえ、かえって二者択一の苦しみに悩んだ。片や従兄弟同士、片や姉妹の思いがけぬ夫婦交換事件、本来の深い愛情に結ばれていた二組の、今後の展開は…。
六 実は、少将から妹君に対して。後朝(きぬぎぬ)の文。七 思いがけず私と結ばれたあなた、これも深い前世の縁が引き寄せたからでしょう。

とあるを、[一二]いづかたにもおろかに仰《おお》せられむとにや。かへすがへすただ[一三]おなじさまなる御心《おんこころ》のうちどものみぞ、心くるしうとぞ、[一四]本《ほん》にも侍る。[一五]劣《おと》りまさるけぢめなく、さまざま深《ふか》かりける御志《おんこころざし》ども、はてゆかしくこそ侍れ。なほとりどりなりけるなかにも、[一六]めづらしきは、なほたちまさりやありけむに、[一七]見なれ給ふにも、年《とし》月もあはれなるかたは、いかが劣《おと》るべきと、本《ほん》にも、「[一八]本のまま」とみゆ。

八 弁が返事を代作し、包み文にして使者に持たせた。
九 姉君。
一〇 実は権の少将から。
一一 深い前世の縁なればこそ姉妹お二人に恋をして、涙で袖を濡らすことになったのでしょう。
一二 二人の少将は、どちらの姫君にも、特に一方がお好きとはおっしゃらないつもりか。「おろかならず」の意。
一三 同じ境遇に置かれた姫たちの心中。
一四 私(作者)の見た本にも、そう書いてある。
一五 新旧それぞれ深かった愛情の行方が。
一六 新しい方の恋。
一七 やはり見なれるにつれて、古い縁の方は、どうして新しい女に劣ることとあろうか。
一八 原本のまま書写した。

はなだの女御《にようご》

はなだの女御　いわば一種の女性評判記ともいうべき性格を示す逸品。二十一人の女性と、その主君たち計四十三人もの人物が登場し、それが秋の七草など二十一の草花によって、人物の性格づけと連繋《れんけい》する、という異色作で、社交的かつ文学的な遊びの「前栽合《せんざいあわせ》」に一脈通じたものがある。

『風葉和歌集』以降に成立したと思われる『木幡《こわた》の時雨《しぐれ》』物語にも、類似の場面があり、院の御前《おまえ》で、五人の姫君を草花にたとえて歌を詠む個所を比較すると、(一)「はなだの女御」では、あまりの多人数を並列的に表記したため、批評者の言葉と歌との対応関係が、必ずしも完備していない。対して(二)『木幡の時雨』では、批評文と歌とがセットとなり、整理された構造を示している。

「はなだの女御」という題名には諸説あり、文体から女性の作か。桔梗《ききょう》にたとえた中宮は「彰子《しょうこ》」だとか、紫苑《しおん》のケースは「定子《ていし》」だとか、読者の想像力を駆り立てる要素があり、一編を楽しませると同時に、「その頃」形式の冒頭と奥書《おくがき》を添え、いかにも実話めかしたテクニックを用いている。成立年代に諸説あり、『源氏物語』成立の前とする説も。

「そのころのこと」と、あまたみゆる人まねのやうに、かたはらいたけれど、これは聞きしことなればなむ。

いやしからぬ好《す》き者《もの》の、いたらぬところなく、人に許《ゆる》されたる、やむごとなきところにて、ものいひ懸《け》想《そう》せし人は、このごろ里《さと》にまかりいでてあんなれば、まことかと行《い》きて気色《けしき》みむと思ひて、いみじくしのびて、ただ小舎人童《ことねりわらわ》一人してきにけり。近《ちか》き透垣《すいがい》の前栽《せんざい》に隠《かく》れてみれば、夕暮《ゆうぐれ》のいみじくあはれげなるに、簾《すだれ》まきあげて、ただいまはみる人もあらじと思《おも》ひ顔《がお》にうちとけて、みなさまざまにゐて、よろづの物語しつつ、人の上《うえ》いふなどもあり。はやりかにうちさざめきたるも、また、はづかしげにのどかなるも、あまたはぶれ乱《みだ》れたるも、いまめかしう、をかしきほどかな。

一 物語を書き出す折の一つの型。二 数多く見られる作り物語の、人まねのようで。三 人まねでないことを知って欲しい、の意。

色好みの男、里居の女をかいま見に

四 その方面の練達者と、一般に認められている男。
五 高貴な所(宮中か)で。
六 後出の「女郎花の御方」か。
七 板・竹で間をすかせて作った垣。
八 庭さきの植え込み。
九 しみじみとした風情。
一〇 はしゃいで騒ぎたてる者も。
一一 当方が気後れするほど上品で、おっとりしている者も。
一二 大勢でたわむれ、ふざけ合っている者も。

「かの前栽《せんざい》どもをみ給《たま》へ。池のはちすの露は玉《たま》とぞみゆる」

といへば、松《まつ》にこき単《ひとえ》、紫苑《しおん》色の袿《うちき》、薄色《うすいろ》の裳《も》ひきかけたるは、ある人の局《つぼね》にてみし人なんめり。童《わらわ》の大《おお》きなる、小《ちい》さきなど、縁《えん》にゐたる、みなみし心地《ここち》す。

「御方《おんかた》こそ。この花はいかが御覧《ごらん》ずる」

といへば、

「いざ、人々にたとへ聞こえむ」

とて、命婦《みょうぶ》の君《きみ》、

「かのはちすの花《はな》は、まろが女院のわたりにこそ似奉《にたてまつ》りたれ」

とのたまへば、大君《おおいきみ》、

「下草《したくさ》の竜胆《りんどう》は、さすがなむめり。一品《いっぽん》の宮《みや》と聞《き》こえむ」

中《なか》の君《きみ》、

「ぎぼうしは、大皇《だいおう》の宮《みや》にもなどか」

一「はちす葉のにごりにしまぬ心もてなにかは露を玉とあざむく」(古今集・夏)。二 松襲(まつがさね)の色目。表が萌黄か青、裏は紫。三 紫色の濃い単衣。一重で裏がない。四 襲(かさね)。表が薄紫で裏は青。五 襲の上着。六 薄い紫色。七 袴の上に、腰から下、後方にまとった服。

「前栽合」の草花を女にたとえる趣向

八 色好みの男が。九 彼が、女の局(つぼね)に通った頃、侍女や女の童を見る機会があったのだろう。一〇 貴婦人への敬称。命婦の君をさす。一一 蓮(はちす)の花。一二 花々を人たちにたとえて申しましょう。一三 内(ない)命婦・外(げ)命婦の別。ここは中臈の女房。一四 男女の別なく用いた自称。

三《さん》の君《きみ》、

「二一紫《し》苑《おん》のはなやかなれば、二二皇后宮《こうごうぐう》の御《おん》さまにもがな」

四《し》の君《きみ》、

「中宮《ちゅうぐう》は、父大臣《ちちおとど》つねに二三ぎきやうをよませつつ祈《いの》りがちなんめれば、それにもなどか似させ給はざらむ」

五《ご》の君《きみ》、

「二四四条《しじょう》の宮の女御《にょうご》、二五露草《つゆくさ》の露《つゆ》にうつろふとかや、明《あ》け暮《く》れのたまはせしこそ、まことにみえしか」

六《ろく》の君《きみ》、

「二六垣《かき》ほの撫子《なでしこ》は、承香殿《そきょうでん》と聞こえまし」

七《しち》の君《きみ》、

「二七刈萱《かるかや》のなまめかしきさまにこそ、弘徽殿《こきでん》はおはしませ」

八《はち》の君《きみ》、

「宣耀殿《せんようでん》は、菊《きく》と聞こえさせむ。宮《みや》の御覚《おんおぼ》えなるべきなんめ

一五 国母・女御・内親王などで院号を賜った者。
一六 秋に紫色の花を開く。
一七 物陰に生える草とはいえ、やはり美しい。
一八 内親王の位。四品まで。
一九 擬宝珠。夏に薄紫・紫・白の花をつける。
二〇 大后の宮。時の皇太后または帝の母后をさすか。
二一 秋に淡紫色の花を開く。
二二 二后(皇后宮・中宮)併立は一条帝の長保二年から。
二三 無量義経と桔梗(ききょう)。
二四 四条の宮が里邸。
二五 古くは月草とも。「世の中の人の心は月草のうつろひやすき色にぞありける」(古今六帖)。
二六 「あな恋し今もみてしか山がつの垣ほに咲ける大和撫子」(古今集・恋四)。
二七 秋に花開く多年草。

り」

「麗景殿《れいけいでん》は[一]花薄《はなすすき》とみえ給《たま》ふ御《おん》さまぞかし」

九《く》の君《きみ》、といへば、十《じゅう》の君《きみ》、

「淑景舎《しげいさ》は、「[二]朝顔《あさがお》のきのふの花」となげかせ給ひしこそ、ことわりとみ奉《たてまつ》りしか」

[三]五《ご》節《せち》の君《きみ》、

「[四]御匣殿《みくしげどの》は、[五]野辺の秋萩《あきはぎ》とも聞こえつべかんめり」

[六]ひんがしの御方《おんかた》、

「[七]淑景舎《しげいさ》の御《おん》おととの三の君、[八]あやまりたることはなけれど、[九]大《おお》ざうにぞ似《に》させ給へる」

いとこの君ぞ、

「その御おととの四《し》の君《きみ》は、[一〇]くさのかうと、いざ聞こえむ」

姫君《ひめぎみ》、

「右大臣殿の中《なか》の君《きみ》は、[一一]みれどもあかぬ女郎花《おみなえし》のけはひこそ

一 「秋の野の草のたもとか花薄ほにいでて招く袖とみゆらむ」(古今集・秋上)。
二 「朝顔のきのふの花は枯れずとも人の心をいかが頼まむ」(古今六帖)。
三 十一月の新嘗祭などに催された宮中の五節舞で、舞姫の役をつとめた女君。
四 貞観殿にあり、装束などの裁縫をする所。その別当(長官)で、帝の侍妾の例も。
五 「しめゆはぬ野辺の秋萩風吹けばと臥しかく臥しものをこそ思へ」(拾遺集・恋三)。
六 東の対の屋に住む女君。
七 桐壺の御方の妹である三女の君。「おとと」は年下をさす。
八 物忘れの過ちはないけれど。
九 異文は萱草(忘れ草)とする。「大ざう」は朝鮮薊。
一〇 芸香(うんこう)。初夏に咲く。

し給ひつれ」

西《にし》の御方《おんかた》、

「帥《そつ》[12]の宮《みや》の御上《おんうえ》は、笹《ささ》にや似《に》させ給ひつる」

を[13]ば君《ぎみ》、

「左大臣殿《さだいじんどの》の姫君《ひめぎみ》は、[14]われもかうに劣《おと》らじ顔《がお》にぞおはします」

などいひおはさうずれば、尼君《あまぎみ》、

「[15]斎院《さいいん》、[16]五葉《ごよう》と聞こえ侍らむ。[17]かはらせ給はざんめればよ。[18]罪《つみ》をはなれむとて、かかるさまにて、久《ひさ》しくこそなりにけれ」

とのたまへば、北《きた》の方《かた》、

「さて、[19]斎宮《さいぐう》をば、なにとか定《さだ》め聞こえ給ふ」

といへば、小命婦《こみょうぶ》の君《きみ》、

「をかしきは、みなとられ奉《たてまつ》りぬれば、[20]さむばれ、軒端《のきば》の[21]山《やま》菅《すげ》に聞こえむ。まことや、まろがみ奉《たてまつ》る帥《そつ》の宮《みや》の上《うえ》をば、芭蕉《ばしょう》

「くさのかう色変はりぬ白露は心おきても思ふべきかな」(古今六帖)。一一「日暮らしに見れどもあかぬ女郎花野辺にや今宵旅寝しなまし」(拾遺集・秋)。一二 大宰府の長官である宮の北の方。一三 伯母・叔母いずれか。一四 秋に暗紅色の花をつける。「我れも斯(か)う」の意に転じる。一五 賀茂神社に奉仕する皇女または女王。一六 五葉の松。一七 常磐の松に似て、容貌の衰えぬをいう。一八 私(尼君)の方は斎院と違って罪を逃れようとして。一九 伊勢神宮に奉仕する皇女、女王。二〇 それじゃあ。二一「山菅の乱れ恋のみせさせつついはぬ妹かも年は経つつも」(古今六帖)。

葉《ば》と聞こえむ」

嫁《よめ》の君《きみ》、

「一中務《なかつかさ》の宮《みや》の上《うえ》をば、二招《まね》く尾花《おばな》と聞《き》こえむ」

など聞《き》こえおはさうずるほどに、日暮《く》れぬれば、灯籠《とうろ》に火《ひ》ともさせて、そひふしたるも、「三はなやかにめでたくもおはしますものかな」と、あはれ、しばしはめでたがりしことぞかし。

四世のなかのうきを知らぬと思ひしにこは日にものはなげかしきかな

命婦《みようぶ》の君《きみ》は、

「五はちすのわたりも、六この御《おん》かたちも、この御方《おんかた》など、いづれまさりて思ひ聞こえ侍らむ。七にくき枝《えだ》おはせじかし、八はちす葉《ば》の心ひろさの思ひにはいづれとわかず露《つゆ》ばかりにも」

六の君、九はやりかなる声にて、

一 中務省の長官。四品以上の親王。その北の方。
二 「宿もせに植ゑなめつつぞわれは見る招く尾花に人やとまると」(後撰集・秋中)。薄の穂の出たもの。
三 華やかでお美しい方々だなあ。かいま見た好き者の感想。
四 この世の憂さなど知らぬ身と思っていたのに、こんな美女の数々をみて、これは日増しにもの思いがつのることだ。
五 蓮の花にたとえた女院。
六 誰をさすか判然としない。
七 欠点のある方。草花にたとえた縁で「枝」という。
八 女院に仕えて広い心で思いますと、誰がどうと、つゆほども優劣の区別などつきません。蓮の葉広と広い心。九 はしゃいだ声で。

「撫子《なでしこ》を常夏《とこなつ》[一〇]におはしますといふこそうれしけれ、
[一一]常夏に思ひしげしとみな人はいふなでしこと人は知らなむ」

とのたまへば、七の君、[一二]したり顔《がお》にも、
[一三]刈萱《かるかや》のなまめかしさの姿《すがた》にはそのなでしこも劣《おと》るとぞ聞く

とのたまへば、みな人々も笑ふ。

「[一四]まろが菊《きく》の御方《おんかた》こそ、ともかくも人にいはれ給はね、
[一五]植《う》えしよりしげりましにし菊《きく》の花人に劣《おと》らで咲《さ》きぬべきかな」

とあれば、九の君、

「うらやましくも仰《おお》すなるかな、
[一六]秋の野のみだれてまねく花《はな》すすき思《おも》はむかたになびかざらめや」

十の君、

一〇 撫子(なでしこ)の異名。承香殿の女御に対する帝寵の変わらぬ意。「常撫づ」。
一一 常夏はもの思いが多いと人はいうが、この方は帝の撫でし児(寵愛深い)と知ってほしい。 一二 得意顔で。
一三 弘徽殿の女御の、刈萱のような優雅さの前には、その撫でし児の女御も劣るとか聞いていますよ。
一四 宣耀殿の女御を菊になぞらえた八の君の発言。
一五 植えた(入内した)時から、ますます茂りまさった(帝寵の深まった)菊のように、宣耀殿の君は、ほかの人に劣らず咲き栄えるに違いありません。
一六 秋の野風に乱れて手招きする花薄のような麗景殿は、思いを寄せる男君にきっとなびくことでしょう。

「一まろが御前《おまえ》こそ、二あやしきことにてくらされて、などいとはかなくて、

三朝顔《あさがお》のとくしぼみぬる花なれどあすも咲《さ》くはと頼《たの》まるるかな」

とのたまふに四おどろかれて、五五の君《きみ》、

「うちふしたれば、はや寝入《ねい》りにけり。なにごとのたまへるぞ。まろははなやかなるところにし候《さぶら》はねば、よろづ心ぼそくも覚《おぼ》ゆるを、

六頼《たの》む人露草ごとにみゆめれば消《き》えかへりつつなげかるるかな」

と七寝《ね》おびれたる声《こえ》にて、また寝《ぬ》るを、人々笑《わら》ふ。八女郎花《おみなえし》の御方《おんかた》、

「いたく暑《あつ》くこそあれ」とて扇《おうぎ》を使《つか》ふ。

「九いかに、とく参《まい》りなん。一〇恋ひしくこそおはしませ、

一一みな人もあかぬにほひを女郎花《おみなえし》よそにていとどなげかるる

一 淑景舎のこと。二 帝寵の衰えを暗示する。三 朝顔の花が早くしぼんでしまうように、ご寵愛の衰えることはあっても、あすは咲き栄えるように、つい頼みにしているのです。四 はっと目が覚めて。五 四条の宮の女御を露草になぞらえた。六 私が頼りにする露草の御方は、まことそのようにはかなくお見受けするので、心も消えかえりつつ自然ため息がちなのです。七 寝呆けた声。八 主人(右大臣の次女)を女郎花にたとえた姫君。九 さあ早くお屋敷に参りましょう。一〇 こうして里下りしていると、お姫(ひい)さま(右大臣の次女)が恋しくてなりません。一一 誰もが見飽きないような美しい女郎花、そ

かな」

夜《よ》いたく更《ふ》けぬれば、みな寝《ね》いりぬる気配《けはい》を聞きつつ、

一二 秋の野の千草の花によそへつつなど色ごとにみるよしもが
な

とうちうそぶきたれば、「あやし、たれがいふぞ。一三 覚《おぼ》えなくこそ」といへば、

「一四 人は、ただいまはいかがあらむ。一五 鵺《ぬえ》のなきつるにやあらむ。忌《い》むなるものを」

といへば、一六 はやりかなる声にて、

「をかしくもいふかな。鵺《ぬえ》は、いかでか、かくもうそぶかむ。一七 いかにぞや。聞き給《たま》ひつや」

一八 ところどころ聞き知りて、うち笑《わら》ふあり。やや久《ひさ》しくありて、ものいひやむほど、

一九 思ふ人みしも聞きしもあまたありておぼめく声はありと知

の側を離れてただため息が出てしまうのです。一二 かいま見の男の詠。秋の野に乱れ咲く千草の花になぞらえて、何とかして、その御方ひとりひとりに逢いたいものよ。一三 聞きなれない声だこと。一四 こんな夜更け、人などいるものですか。

名乗り出た男、女たちに黙殺されて

一五 とらつぐみの異名。夜に陰気な声で鳴く。一六 六の君。一七 どうでした、今の鳴き声、お聞きになりまして。一八 女たちのなかには何人か、この男の声を聞き知っている者がいて。一九 同じく好き者の詠。わが思う人のなかで、逢ったことも声を聞いた人も大勢いて、私を誰だと不審がるとは。

らぬか

「この好《す》き者《もの》一たたけり。あなかま」

とてものもいはねば、簀子《すのこ》二に入りぬめり。

「あやし。いかなるぞ。ひとところだに、三あはれとのたまはせよ」

などいへば、いかにかあらむ、絶《た》えていらへもせぬほどに、暁《あかつき》になりぬる空の気色《けしき》なれば、

四「まめやかに、みし人とも思《おぼ》したらぬ御《おん》なげきどもかな。五みも知らぬ、六ふるめかしうもてなし給ふものかな」

とて、

七百《もも》かさねぬれなれにたる袖なれどこよひやまさりひちて帰
らむ

とていづる気色《けしき》なり。「例《れい》の、いかになまめかしうやさしき気色ならむ。いらへやせまし」と思へど、「あぢきなし、八一《ひと》とこ

一 鳴いたのだわ。鶏の連想で水鶏(くいな)が「たたく」という。二 好き者が濡れ縁の所へ入ったようだ。三 よく来てくださったとおっしゃいませよ。「あはれをばなげの言葉といひながら思はぬ人にかくるものかは」(古今六帖)。四 本当に、逢ったことのある男ともお思いにならぬ、ういういしたお嘆きようですこと。五 全然経験のない。六 古めかしい接し方をなさるのだね。七 幾度となくひどい仕打ちを受けて、涙に濡れるのにもなれた袖だが、今夜は一段と濡れまさって帰ることでしょう。八 私ひとりに通ってきてくれるのなら。九 娘を宮仕えに出すほど、身分卑しい者ではないが。一〇 大臣家の姫君・宮家の姫

ろに」とぞ思《おも》ひける。

この女《おんな》たちの親《おや》、[九]いやしからぬ人なれど、いかに思ふにか、宮仕《みやづか》へにいだしたてて、[一〇]殿ばら、宮ばら、女御たちの御《おん》もとに、ひとりづつ参《まい》らせたるなりけり。[一一]同《おな》じはらからともいはせで、こと人の子《こ》になしつつぞありける。[一二]この殿ばらの女御たちは、[一三]みないどませ給ふ御《おん》なかに、[一四]同《おな》じはらからの、わかれて候《さぶら》ふぞあやしきや。[一五]みな思《おぼ》して候ふは、[一六]知らせ給はぬにやあらむ。好き者は、[一七]この御《おん》ありさまども聞き、うれしと思ひ、いたらぬところなければ、[一八]この人どもも知らぬにしもあらず。

かの女郎花《おみなえし》の御方《おんかた》といひし人は、声《こえ》ばかりを聞きし、心ざしふかく思ひし人なり。撫子《なでしこ》の御人《おんひと》といひし人[一九]は、むつまじくもありしを、いかなるにか、[二〇]「みつともいふな」と誓《ちか》はせて、またもみずなりにし。刈萱《かるかや》の御[二一]人は、いみじく気色[二二]だちて、ものいふいらへをのみして、からうして、とらへつべきをりは、い

君・女御たちのもとへ。

一家の娘たちと、個別に恋の遍歴を

一一 同じ姉妹と名告らせず、別人の子のように仕立てて。
一二 先ほど来(いら)、登場してきた貴族のお姫様方で、帝の女御になった方々は。
一三 皆が帝寵を競い合っておられる間柄で。
一四 同じ姉妹の娘たちが分かれてお仕えするとは。
一五 どの女御方も、娘たちをかわいがって、娘たちもまた有難く仕えていることを。一六 この女御方本人は。
一七 主従・姉妹の関係。
一八 この娘たち。一九 六の君。
二〇 「君が名もわが名もたてじ難波(なに)(わ)なるみつともいふな逢ひきともいはじ」(古今集・恋三)。二一 七の君。
二二 気取り屋さんで。

みじく[一]すかしはかるをりのみあれば、いみじくねたしと思ふなりけり。菊《きく》の御人《おんひと》[二]は、いひなどはせしかど、ことに[三]まほにはあらで、[四]「たれ杣山《そまやま》を」とばかり、ほのかにいひて、いざりいりし気配《けはい》なむ、いみじかりし。花薄《はなすすき》の人[五]は、思《おも》ふ人もまたありしかば、いみじくつつみて、ただ夢のやうなりし宿世《すくせ》のほども、あはれに覚《おぼ》ゆ。はちすの御人[六]は、いみじくし[七]頼《たの》めて、さらばと契《ちぎ》りしに、[八]さはがしきことのありしかば、[九]ひきはなちていりしを、[一〇]いみじと思《おも》ひながら許《ゆる》してき。紫苑《しおん》の御人[一一]は、いみじく語《かた》らひて、いまに[一二]むつまじかるべし。朝顔《あさがお》の人[一三]は、若《わか》うにほひやかに愛敬《あいぎょう》づきて、つねに遊《あそ》びがたきにてはあれど、[一四]名残《なご》りなくこそ。[一五]桔梗《ききょう》は、つねにうらむれば、「[一六]騒《さわ》がぬ水《みず》ぞ」といひたりしかば、「[一七]澄《す》まぬにみゆる」といひし、にくからず。いづれも知らぬは少《すく》なくぞありける。

そのなかにも、[一八]女郎花《おみなえし》のいみじくをかしく、[一九]ほのかなりしす

一 機嫌をとってはぐらかし、計画的にだます。 二 八の君。 三 十分な出逢いに至らず。 四 「おぼつかなたれ杣山のほととぎすとふに名告らで過ぎぬなるかな」(新勅撰・夏)。 五 九の君。 六 命婦の君。 七 頼りに思わせるようなことをいって。 八 ごたごたした騒ぎが起きて。 九 彼を振り放って奥の部屋に隠れてしまった。 一〇 ひどいと好き男は思ったけれども。 一一 三の君。 一二 仲むつまじいはずだ(意外に男の一人合点かも)。 一三 十の君。 一四 別れたあとの余韻がない。 一五 四の君。 一六 「君が代の千歳の松の深緑さわがぬ水に影ぞみえつつ」(新勅撰集・賀)。 一七 「世とともに雨ふる宿の庭たづみすまぬに影は見ゆ

ゐぞ、いまに、「[二〇]いかでただよそにて語《かた》らはむ」と思ふに、心にくく、「いまひとたび[二一]ゆかしき香《か》を、いかならむ」と思ふも、定《さだ》めたる心なくぞありくなる。[二二]いたらぬ里人《さとびと》などは、いともてはなれていふ人をば、[二三]いとをかしくいひ語《かた》らひ、[二四]はらからといひ、いみじく語《かた》らへば、[二五]しばしこそあれ、「顔《かお》かたちの、[二六]みるになどかくはある。ものいひたるありさまなども」。この人に[二七]はかかる、いとなかり。宮仕《みやづか》へ人、さならぬ人の娘《むすめ》なども、[二八]はからるるあり。

[二九]内裏《うち》にも参《まい》らでつれづれなるに、かの聞きしことをぞ。「その女御の宮《みや》とて、のどかには」「かの君こそ、かたちをかしかむなれ」など、心に思ふこと、歌など書きつつ手習《なら》ひにしたりけるを、また人のとりて書きうつしたれば、[三〇]あやしくもあるかな。これら[三一]つくりたるさまも覚《おぼ》えず、よしなきもののさまを、そらごとにもあらず。世のなかに、そら物語り多《おお》かれば、[三二]まこ

るものかは」(拾遺集・雑恋)。一八 右大臣の中の君を讃えた姫君。一九 ほのかに裾先など見えた姿。二〇 何とかして、物越しにでも逢いたい。二一 慕わしい色香に触れたいが。二二 男女の仲の機微にうとい里住みの女の場合で、この好き男にすげない対応をする者に対しても。二三 この男は。二四 兄妹の仲になろうなどといって。二五 暫くはなびかずとも。二六 逢うと、なんと素晴しい。二七 かかわりを持つ女がひきもきらない。「暇(いとま)なかり」の意。二八 だまされる女。二九 以下の話は、と奥書めかす筆法。三〇 おかしな具合になってしまった。三一 書いた折のことも記憶になく。三二 読者も、まさか事実と。

とともや思《おも》はざるらむ。一これ思ふこそねたけれ。多《おお》くは、二かたちしつらひなども、三この人のいひ、心かけたるなんめり。四たれならむ。この人を知らばや。五

殿上には、ただいまこれをぞ、六「あやしくをかし」といはれ給《たま》ふなる。七かの女たちは、ここには親族《しぞく》多《おお》くて、八かく一人づつ参《まい》りつつ、心々《こころごころ》にまかせてあひて、かくをかしく、九殿《との》のことひでたるこそをかしけれ。一〇それもこのわたり、いと近《ちか》くぞあんなるも、知り給へる人あらば、一一その人と書《か》きつけ給ふべし。

実話めかした作者の巧みな奥書など

一 それを考えるとしゃくだ。二 列挙されてきた女たちの容貌や装いなども。三 色好みの男が言葉をかけ、懸想している女性なのであろう。四 この好き者は誰なのだろう。五 以上、奥書その一か。六 この話を。七 こうして一人ずつ別々に宮仕えに参上して。八 各自、思いのままに集まって。九 お屋敷のことを。一〇 その女たちが集まる里邸というのも。一一 それはだれそれの人のことだと、この本に書き加えなさいませよ。以上、奥書その二。

はいずみ

はいずみ　二人妻物語――もとの女を捨てて、経済力のある新しい女との恋。歌徳説話――年来の女の歌一首に男が感動し、結局もとのサヤに戻る。

こうしたパターンの話は多く、『伊勢物語』『大和物語』『今昔物語集』などに類話を載せている。

馬に乗せられ、楚々《そそ》たる姿の美女が、月光のもと涙にくれて立ち去るシーンは、ほのかな嗜虐《しぎゃく》の世界、マゾの臭《にお》いさえ漂《ただよ》う。男はあくまで気弱な悪者、もとの妻はあくまで可憐《かれん》で気の毒な美女――いわば、勧善懲悪《かんぜんちょうあく》の思いをかきたてる雰囲気もただよっている。

異本系『伊勢物語』の第四十段では、女の歌「いづこまで――」に対し、嘆き沈んだ男は歌を詠んで絶命、あわてた親が願《がん》をかけ蘇生《そせい》させたあと、「昔のわが男は、かかるすける物思ひなむしける。今のをきな、まさにしなむやは」とあるが、「はいずみ」の一編は、白粉《おしろい》と掃墨《はいずみ》のドタバタ劇である。

この趣好は、『古本説話集《こほんせつわしゅう》』第十九話「平中墨塗り譚《へいちゅうすみぬりたん》」の持ち込みだが、『風葉和歌集』第三に入集。なお、南北朝後期の作かとする『掃墨物語絵巻』は、眉墨化粧の娘を見た僧が仰天、娘は母尼と出家、これは発心遁世譚《ほっしんとんせいたん》である。

[一]下《しも》わたりに、[二]品《しな》いやしからぬ人の、こともかなはぬ人を、にくからず思《おも》ひて、年《とし》ごろふるほどに、親《した》しき人のもとへ、行《い》き通《かよ》ひけるほどに、[三]娘《むすめ》を思《おも》ひかけて、みそかに通ひありきけり。めづらしければにや、はじめの人よりは心ざし深くおぼえて、人めもつつまず通ひければ、親《おや》聞きつけて、

「[四]年《とし》ごろの人をもち給《たま》へれども、いかがはせむ」

とて、許《ゆる》して[五]住《す》ます。もとの人聞きて、「いまはかぎりなんめり。[六]通はせてなども、よもあらせじ」と、思ひわたる。「行《い》くべきところもがな。[七]つらくなりはてぬさきに、はなれなむ」と思ふ。されど、さるべきところもなし。いまの人の親《おや》などは、[八]おしたちていふやう、

「[九]妻《め》などもなき人の、せちにいひしにあはすべきものを、か

一 下京あたりに。
二 身分の賤しくない男が、零落して不如意な生活をしている女を。

二人妻の処理。新しい女が大切で…

三 新しい女に思いを寄せて。

四 長年つれ添う妻を持っておられるが、いまさらどうしようもない。
五 婿または夫として通わせる。 六 新しい妻の方は、よもやこのまま通わせて、だけではすますまい。（追い出される立場に悩むもとの妻の心）。
七 夫がすっかり冷たくなってしまう前に。
八 強引に、一方的に。
九 まだ独身で、熱心に求婚してきた人にめあわせようと思っていたのだが。新しい妻の親が文句をいう。

く本意《ほい》にもあらでおはしそめてしを、くちをしけれど、いふかひなければ、かくてあらせ奉《たてまつ》るを、世《よ》の人々は、「[一]妻《め》するゑ給《たま》へる人《ひと》を。[二]思《おも》ふとさいふとも、[三]家にするゑたる人こそ、やんごとなく思ふにあらめ」などいふもやすからず。[四]げにさることに侍《はべ》る」

などいひければ、男《おとこ》、

「[五]人かずにこそ侍らねど、心ざしばかりはまさる人侍らじと思ふ。[六]かしこにはわたし奉《たてまつ》らぬを、おろかに思《おぼ》さば、ただいまもわたし奉《たてまつ》らむ。[七]いとことやうになむ侍《はべ》る」

といへば、親、

「[八]さだにあらせ給へ」

と、おしたちていへば、男《おとこ》、「あはれ、[九]かれもいづちやらまし」と覚《おぼ》えて、心のうちかなしけれども、いまのがやんごとなければ、「かくなどいひて、気色《けしき》もみむ」と思ひて、もとの人のが

一 妻として家に住まわせている人を(マア婿として通わせるなんて)。
二 娘さんを愛している、とその男が、そうはいっても。
三 家にきちんと据えている女をこそ、大切に思うにちがいないでしょう。
四 ほんとうにそうだと思いますよ。
五 私(男)は、人数にも入らぬ身ですが、あなたの娘さんを思う気持だけは、誰にも負けないと思います。
六 私の家へ。以下、虚勢を張った男の言動、あとで悔やむことになる。
七 あまりに心外なおっしゃりようです。

だが、昔の女を追い出す気もせずに

八 せめてそのようにしてやってください。

り往《い》ぬ。

みれば、[一〇]あてにこごしき人の、日ごろものを思ひければ、すこし面《おも》やせて、いとあはれげなり。うち恥《は》ぢしらひて、例のやうにものもいはでしめりたるを、心《こころ》くるしう思へど、[一一]さいひつればいふやう、

「心ざしばかりは変はらねど、[一二]親にも知らせで、かやうにまかりそめてしかば、いとほしさに通《かよ》ひ侍《はべ》るを、[一三]つらしと思《おぼ》すらむかしと思へば、[一四]なにとせしわざぞと、[一五]いまなむくやしければ、いまもえかき絶《た》ゆまじくなむ。かしこに、「[一六]土犯《つちおか》すべきを、ここに渡《わた》せ」となむいふを、いかが思す。ほかへや往《い》なむと思す。なにかは苦《くる》しからむ、かくながら[一七]端《はし》つかたにおはせよかし。[一八]しのびてたちまちに、いづちかはおはせむ」

などいへば、女《おんな》、「ここに迎《むか》へむとていふなめり。これは親などあれば、ここに住《す》まずともありなむかし。[一九]年《とし》ごろ行《ゆ》くかたも

九 もとの妻をどこに行かせればよいのやら。
一〇 上品で子供っぽい感じ。以下、もの思いに沈む、はかなげなもとの妻の風情。
一一 新しい妻の親に、あのようにいったので、次のようにいう。
一二 あちらの女の親には内緒で、こうして通い始めたもので。
一三 あなたは、つらいこととお思いかと。
一四 なんでこんなことをし出かした、と。
一五 いまさらに後悔していますが、急に縁を切るわけにもゆかなくて…。
一六 土忌(つちいみ)なので、そちらで預ってほしいと。
一七 端っこの部屋にいらっしゃい。両妻の同居。
一八 忍んで、急にどこへも行けるわけないのだから。
一九 私(もとの妻)には。

なしと、みるみるかくいふよ」と、心うしと思へど、つれなくいらふ。

「一さるべきことにこそ。はやわたし給《たま》へ。いづちもいづちも往《い》なむ。二いままでかくてつれなく、うき世《よ》を知らぬ気色《けしき》こそ」

といふ。いとほしきを、男《おとこ》、

「などかうのたまふらむ。三やがてにてはあらず、ただしばしのことなり。帰《かえ》りなばまた迎《むか》へ奉《たてまつ》らむ」

といひおきていでぬるのち、女《おんな》、使《つか》ふ者と、さし向《む》かひて泣《な》き暮《く》らす。

「四心うきものは世《よ》なりけり。いかにせまし。五おしたちて来《こ》むには、いとかすかにていでみえむも、いとみぐるし。六いみじげにあやしうこそはあらめ、かの七大原《おおはら》の八いまこが家《いえ》へ行《い》かむ。かれよりほかに知りたる人なし」

九かくいふは、もと使《つか》ふ人なるべし。

一 それはごもっともなこと。
二 あなたの苦悩も知らず、平然と過ごしてきた私のいたらなさ…。
三 そのまま、あの女をここに居据わらせるのではない。
四 嘆きの種は、やはり男女の仲だったのねえ。五 押しかけて来た時に、わびしい格好を見られるのは。
六 ひどいところで、むさ苦しいかも知れないが。
七 京都市左京区。雪深い山里として歌枕地名。
八 身分低い召使い女の名。「今子」か。
九 「今子」というのは。
一〇 その家は、片時もいらっしゃるような所ではありませんでしたが。もと妻も、かつて「今子」の家に滞在した経験があった。
一一 然るべき落着き先。

「一〇それは、かたときおはしますべくも侍《はべ》らざりしかども、一一さるべきところのいでこむまでは、まづおはせ」など語《かた》らひて、家のうちきよげに掃《は》かせなどする。心地《ここち》もいとかなしければ、泣く泣く一二はづかしげなるもの焼《や》かせなどする。一三今の人、一四あすなむわたさむとすれば、この男に知らすべくもあらず。「車《くるま》なども、たれにか借らむ。一五送《おく》れとこそはいはめ」と思《おも》ふも、をこがましけれど、いひやる。

「一六こよひなむものへわたらむと思《おも》ふに、車《くるま》しばし」

となむいひやりたれば、男、「あはれ、いづちとか思《おも》ふらむ。一七行かむさまをだにみむ」と思ひて、いまここへしのびて来《き》ぬ。女、待《ま》つとて一八端《はし》にゐたり。月のあかきに、泣《な》くことかぎりなし。

一九我が身かくかけはなれむと思ひきや月だに宿《やど》をすみはつる
　世《よ》に

といひて泣《な》くほどに二〇来《く》れば、二一さりげなくて、うちそばむきてゐ

一二 この男と交わし合った恋文の類い。一三 新しい女。

涙ながらに身辺整理するけなげな女

一四 あす引き取ろうと、先方の女のもとへ、夫は準備がてら留守なので。

一五 送ってほしいというべきところだが。

一六 実は今夜、よそに移ろうと思うので。一七 男の優柔不断な性格。見送りに、そっと戻って来た。

一八 母屋を出て、廂(ひさし)の間(ま)あたりに座っているか。一九 私はいままで、こうして住み慣れた家を離れようと思ったであろうか。月さえいつまでも澄(住)みわたる世なのに。

二〇 男が戻ってきたので。

二一 泣いた様子など見せないで、そっと横を向いて。

たり。

「車《くるま》は牛《うし》[一]たがひて、馬《むま》なむ侍《はべ》る」

といへば、

「ただ近《ちか》きところなれば、車はところせし。さらば、[二]その馬《むま》にても。夜のふけぬさきに」

と急《いそ》げば、いとあはれと思へど、[三]かしこには皆《みな》、あしたにと思《おも》ひたんめれば、のがるべうもなければ、[四]心くるしう思ひ思ひ、馬《むま》ひきいださせて、[五]簀子《すのこ》によせたれば、乗《の》らむとてたちいでたるをみれば、月のいとあか[六]きかげに、ありさまいとささやかにて、髪《かみ》はつややかにて、いとうつくしげにて、丈《たけ》ばかりなり。男《おとこ》、手《て》づから乗《の》せて、[七]ここかしこひきつくろふに、[八]いみじく心うけれど、念《ねん》じてものもいはず。馬《むま》に乗《の》りたるすがた、かしらつき、いみじくをかしげなるを、[九]あはれと思ひて、

「[一〇]送《おく》りにわれも参《まい》らむ」

一 牛の都合がつかないので。

二 その馬でもお借りして。立ち去る女が馬で、とは珍しい。

三 新しい女の方では。

四 もとの妻に、心苦しく思いながらも。

五 濡れ縁。

六 光。

七 あちこち身づくろいを直してやると。

八 ただただ女はつらいのだが、じっとがまんして一言も口にしない。

九 しみじみ思いがこみあげてきて。

馬に乗って去る妻
今さらに未練な男

一〇 もとの妻のけなげな姿、それに較べて自分の軽卒さを反省、ただ彼女の落着き先だけは確認しておこう、との思いも加わったであろ

といふ。

「ただこともとなるところなれば、[11]あへなむ。馬《むま》はただ今かへし奉《たてまつ》らむ。そのほどはここにおはせ。みぐるしきところなれば、人にみすべきところにも侍らず」

といへば、[12]「さもあらむ」と思《おも》ひて、[13]とまりて、[14]尻《しり》うちかけてゐたり。[15]この人は、供《とも》に人多《おお》くはなくて、昔《むかし》よりみなれたる[16]小《こ》舎人童《とねりわらわ》ひとりを具《ぐ》して往《い》ぬ。男《おとこ》のみつるほどこそ隠《かく》して念《ねん》じつれ、門《かど》ひきいづるよりいみじく泣きてゆくに、この童《わらわ》いみじくあはれに思ひて、この[17]使《つか》ふ女をしるべにて、[18]はるばるとさしてゆけば、

[19]「ただこともとと仰《おお》せられて、人も具《ぐ》せさせ給はで、かく遠くはいかに」

といふ。山里《やまざと》に、人《ひと》もありかねば、[20]いと心ぼそく思ひて泣《な》き行くを、男も、[21]あばれたる家に、ただひとりながめて、いとをか

う。未練がましい男の言動ではある。
一一 あえて一人で参りましょう。
一二 それもそうか。男の性格がよく出ている。
一三 男は家に残ったまま。
一四 簀子の縁に腰かけて。
一五 昔からの妻。
一六 本来、男の召使う童。この女もよく用事を頼んで使い慣れていたか。
一七 召使う女。今子。
一八 下京あたりから大原の里まで、月の夜道を馬で。
一九 近い所だと仰有(おっしゃ)って。以下、小舎人童の言葉。
二〇 もとの妻は。
二一 荒れ果てた家。整理・整頓して、女が立ち去ったあとは、男に荒涼とした感じを与えたのであろう。

しげなりつる女《おんな》ざまの、いと恋《こ》ひしくおぼゆれば、[一]ひとやりならず、いかに思《おも》ひいづらむと思《おも》ひゐたるに、やや久《ひさ》しくなりゆけば、簀子《すのこ》に、足《あし》しもにさしおろしながら、よりふしたり。この女は、[二]いまだ夜中《よなか》ならぬさきに行《い》きつきぬ。みれば、いと小《ちい》さき家《いえ》なり。この童《わらわ》、

「[三]いかに、かかるところにはおはしまさむずる」

といひて、いと心ぐるしとみゐたり。女は、

「はや馬《むま》ゐて[四]参《まい》りね。待ち給《たま》ふらむ」

といへば、

「[五]「いづこにかとまらせ給ひぬる」など仰《おお》せ候《さぶら》はば、いかが申さんずる」

といへば、[六]泣《な》く泣く、「かやうに申せ」とて、

[七]いづこにか送《おく》りはせしと人問《と》はば心はゆかぬ涙川《なみだかわ》まで

といふを聞きて、童《わらわ》も泣《な》く泣く馬《むま》にうち乗《の》りて、ほどもなく来《き》

一 わが心ながら。「思ひゐたる」に係る。

昔の女を気にしながら居眠りする男

二 「まだ」に対する男性用語。作者男性説の根拠の一つ。

三 どうしてこんな粗末な家に居ろうとなさるのですか。

四 お屋敷に戻りなさい。

五 どこにお泊りかと仰せがありましたら。

六 もとの妻は。

七 どこまで送ったかとあの方(たか)がお尋ねになったら、気が進まぬまま涙川まで行ったとお返事なさい。「伊勢物語」第四十段(真名本系)に「いづこまで送りはしつと人問はば飽かぬ別れの涙川まで」として説話が載っている。「風葉集」恋三にも「はいずみ」として歌を載せる。

つきぬ。男《おとこ》[八]うちおどろきてみれば、月[九]もやうやう山《やま》の端《は》ちかくなりにたり。「あやしく遅《おそ》く帰《かえ》るものかな。遠《とお》きところへ行《い》きけるにこそ」と思ふも、いとあはれなれば、

[一〇]すみなれし宿《やど》をみすててゆく月のかげにおほせて恋《こ》ふるわざかな

といふにぞ、童《わらわ》かへりたる。

「いとあやし、など遅《おそ》くは帰《かえ》りつるぞ。いづくなりつるところぞ」

と問へば、ありつる歌《うた》を語《かた》るに、男《おとこ》もいとかなしくて、うち泣《な》かれぬ。「ここにて泣《な》かざりつるは、[一一]つれなしをつくりけるにこそ」と、あはれなれば、「[一二]行《い》きて、迎《むか》へ返《かえ》してむ」と思ひて、童《わらわ》にいふやう、

「さまで[一三]ゆゆしきところへ行《い》くらむとこそ思《おも》はざりつれ。[一四]いと、さるところにては、身もいたづらになりなむ。なほ迎《むか》へ返《かえ》

八　はっと目が覚めて。
九　前文から、時の経過を順序よく追った描写。
一〇　住み慣れたこの家を見捨てて、山の端に隠れゆく月の澄んだ光を見ると、そのせいで、立ち去った人が恋しい。「負す・課す」の意で、罪や責任を負わすこと。
一一　平気を装っていたのだったな。
一二　私が行って連れ戻そう。女の歌を聞いて、男が翻意する歌徳説話の型で、「伊勢物語」「大和物語」など類型の話は多い。
一三　そんなにまでひどい所へ行っていようとは。

女の歌で翻意した男、急いで迎えに

一四　「いたづらになりなむ」に係る。

してむとこそ思《おも》へ」

といへば、

「道《みち》すがら、[一]をやみなくなむ泣《な》かせ給へる」

と、「[二]あたら御《おん》さまを」といへば、男《おとこ》、「明《あ》けぬさきに」とて、この童《わらわ》、供《とも》にて、いととく行《い》きつきぬ。げにいと小《ちい》さく、あばれたる家《いえ》なり。みるよりかなしくて、うちたたけば、この女は、[三]来《き》つきにしより、さらに泣《な》きふしたるほどにて、「たそ」と問[四]はすれば、この男の声にて、

[五]涙川《なみだかわ》そことも知らずつらき瀬《せ》を行《ゆ》きかへりつつながれ来《き》に
けり

といふを、女、いと思はずに似《に》たる声かなと、[六]さてあさましう覚《おぼ》ゆ。「あけよ」といへば、[七]いと覚えなけれど、あけて入《い》れたれば、ふしたるところにより来《き》て、泣《な》く泣く[八]おこたりをいへど、いらへをだにせで、[九]泣《な》くことかぎりなし。

一　少しの間も止むことなく。
二　あたら大原の山里で朽ち果てさせるには惜しい奥様のご様子を。
三　このあばら家にたどり着いたその時から。
四　取次の者に尋ねさせると。
五　涙川がどこにあるとも知らず、つらいあなたを探し求め、渡りにくい瀬を行きつ戻りつ、泣きながらたどり着きました。
六　あまりのことに呆然としてしまう。
七　全然思い当たるふしがないけれども。あの薄情な夫がまさか、と戸惑う女。
八　謝罪。
九　女は。
一〇　どうお詫びの申し上げようにも言葉がない。
一一　「思はで」に係る。
一二　こんな状態に落ち込ん

「さらに聞[一〇]こえやるべくもなし。[一一]いとかかるところとは思はでこそいだし奉《たてまつ》りつれ。[一二]かへりては、御心《おんこころ》のいとつらくあさましきなり。よろづはのどかに聞こえむ。夜の明《あ》けぬさきに」

とて、かきいだきて馬《むま》にうち乗《の》せて往《い》ぬ。女、いとあさましく、[一三]いかに思ひなりぬるにかと、[一四]あきれて行《い》きつきぬ。おろして、ふたりふしぬ。よろづにいひなぐさめて、

「今よりは、さらにかしこへまからじ。[一五]かく思《おぼ》しける」

とて、[一六]またなく思《おも》ひて、家《いえ》にわたさむとせし人には、

「ここなる人のわづらひければ、をり悪《あ》しかるべし。[一七]あやしかるべし。このほどを過《す》ごして迎《むか》へ奉らむ」

といひやりて、ただここにのみありければ、父母《ちちはは》思ひなげく。この女は、夢《ゆめ》のやうにうれしと思ひけり。

この男《おとこ》、[一八]いとひききりなりける心にて、[一九]「あからさまに」とて、今の人のもとに、[二〇]昼間《ひるま》に入《い》りくるをみて、女、「にはかに

でいるのに、何一つ打ち明けて下さらぬとは、かえって他人行儀で、私にはつらいことです。
一三 思いがけず翻意した夫の行動に戸惑って、その真意をいぶかしむ女心。
一四 あっけにとられて。
一五 こんなにまで私のことを思い、悲しい目に遭われたのだから。
一六 二人とない大切な人と思って。
一七 そんな折に来られても変なことでしょう。

性急な男、新しい女を忘れず昼間に

一八 せっかちで物事にいらだつ性格。
一九 ほんのちょっと。
二〇 異例の行動。本来、夕方に訪ねるもの。

殿《との》おはすや」と一いへば、二うちとけてゐたりけるほどに、心さわぎて、三「いづら、いづこにぞ」といひて、櫛《くし》の箱《はこ》をとりよせて、四白《しろ》き物をつくると思《おも》ひたれば、とりたがへて、五掃墨《はいずみ》いりたる六たたう紙《がみ》を、とりいでて、鏡《かがみ》もみず七うちさうぞきて、女は、「そこにてしばし。な入《い》り給《たま》ひそ」といへ」とて、八ぜひも知らず、きしつくるほどに、男《おとこ》、九「いととくもうとみ給ふかな」とて、簾《すだれ》をかきあげて入《い》りぬれば、たたう紙《がみ》を隠《かく》して、一〇おろおろにならして、一一うち口《くち》おほひて、夕《ゆう》まぐれにしたてたりと思ひて、まだらにおよび形《がた》につけて、一二目《め》のきろきろとして、またたきゐたり。男《おとこ》、みるにあさましう、めづらかに思《おも》ひて、いかにせむとおそろしければ、近《ちか》くもよらで、

「よし、一三今しばしありて参《まい》らむ」

とて、しばしみるもむくつけければ、往《い》ぬ。女の父母《ちちはは》、かく来《き》たりと聞きて、来《き》たるに、一四「はや出《い》で給ひぬ」といへば、いと

一 取次の侍女が。
二 今の女はくつろいでいたので。
三 どう、一体どこにあるの。
四 おしろいをつけていると思っていたら。

あわてた女の墨化粧、男も親も驚く

五 まゆ墨。胡麻油や菜種油の油煙を掃き落して作る。
六 畳紙。懐に入れて鼻紙や詠草の料にした。七 白粉と間違って掃墨を塗りたくって。八 みさかいもなく身づくろいをする間。九 早くも私を他人扱いなさるのですね。一〇 ざっと掃墨を顔にのばして塗りつけて。
一一 袖で口もとを隠して。男の再訪を喜んで、しなを作ったつもり。一二 目はぎょろぎょろと、まばたきをしていた。一三 また暫くし

あさましく、「名残《なご》[一五]りなき御心《おんこころ》かな」とて、姫君《ひめぎみ》の顔をみれば、いとむくつけくなりぬ。おびえて、父母《ちちはは》も倒《たお》れふしぬ。娘《むすめ》、「など、かくはのたまふぞ」といへば、「その御顔《おんかお》は、いかになり給ふぞ」ともえいひやらず。「[一六]あやしく、などかくはいふぞ」とて、鏡《かがみ》をみるままに、かかれば、われもおびえて、鏡《かがみ》を投《な》げすてて、「いかになりたるぞや、いかになりたるぞや」とて泣けば、家のうちの人もゆすりみちて、[一七]
「[一八]これをば思《おも》ひうとみ給ひぬべきことをのみ、かしこにはし侍るなるに、おはしたれば、御顔《おんかお》のかくなりにたる」とて、[一九]陰陽師《おんみょうじ》よびさわぐほどに、涙《なみだ》の落《お》ちかかりたるところの、例《れい》の肌《はだ》になりたるをみて、乳母《めのと》、紙《かみ》おしもみてのごへば、例《れい》の肌《はだ》になりたり。かかりけるものを、「[二〇]いたづらになり給へる」とてさわぎけるこそ、かへすがへすをかしけれ。

てから来ましょう。
一四 もう帰ってしまわれた。
一五 なんと急に冷たいお心に変ったことよ。
一六 おかしなこと。なぜそのようにいうのかしら。
一七 ただもう大騒ぎをして。
一八 もとの女が呪いをかけて、男がこちらへ来ると、新しい女の顔が黒く変るようにしかけた、と考えている。寵愛を奪い合う呪詛の世界。
一九 中務省の陰陽寮に属する。天変・占いなどをつかさどる職。
二〇 あたら姫君が台無しになりなさったと。忍従と教養をもって、おのれを支え得た本来の妻に較べて、対照的な、新しい妻の「をかし」の世界でしめくくっている。分割された二つの話で構成された短編。

よしなしごと

よしなしごと　従来の諸作品とスタイルを一変した書簡体小説で、物尽《ものづ》くしによる漢文表記、その内容は一種の戯文《ぎぶん》。僧侶と女との愛欲の情が感ぜられ、『狭衣物語《さごろもものがたり》』にいう仁和寺《にんなじ》の威儀師《いぎし》と飛鳥井《あすかい》の姫君との一件や、『あさぢが露』物語に描かれた、醍醐《だいご》の律師《りつし》と先坊《せんぼう》の姫君との密通が思い出される。

山籠《やまごも》りに必要な道具として、最初は超高級品を要求する誇大な依頼から、最後はレベル・ダウンして粗悪品でも我慢する、という。全国名所図会《ずえ》や歌枕一覧、名産図などを机上に拡げ、楽しむ作者像が偲《しの》ばれ、話芸の世界でも十分通用するテクニックを弄《ろう》している。

こうした形式の小説として、室町時代に『玉虫の草紙』『ふくろふの草紙』など、近世では『薄雪物語』『万《よろず》の文反古《ふみほうぐ》』などがあり、またゲーテ『ヴェルテルの悩み』やドストエフスキー『獄中記』が広く知られている。

断章　冬ごもる　何か恋物語の書き出しであろう。この一編の存在に関しては諸説あるが、物語の冒頭だけ残され、何らかの理由で、あとが散逸《さんいつ》したものか。「よしなしごと」の成立時期にほぼ見合う頃の作と思われる。十一編の季節順が、この断章で「冬」となる配列は留意されよう。

人のかしづく娘《むすめ》を、一ゆゑだつ僧《そう》、二しのびて語《かた》らひけるほどに、年《とし》のはてに、山寺にこもるとて、

「旅《たび》の具《ぐ》に、筵《むしろ》、畳《たたみ》、盥《たらい》、三はんざう貸《か》せ四」

といひたりければ、女、長筵《ながむしろ》、なにやかや一《ひと》つやりたりける。それを、女の師《し》にしける僧《そう》の聞きて、

「我《わ》れも物借《ものか》りにやらむ」

とて、書きてありける文《ふみ》の言葉のをかしさに、五書きうつして侍《はべ》るなり。六似《に》つかず、あさましきことなり。

七唐土《もろこし》、新羅《しらぎ》に住《す》む人、さては八常世《とこよ》の国《くに》にある人、わが国《くに》には、九やまがつ、一〇しなつくの恋麿《こいまろ》などや、一一かかる言葉は聞こゆべき。一二それだにも、一三すだれ編《あ》みの翁《おきな》は、一四かしたいしの娘《むすめ》に名立《なた》ち、いやしきなかにも、心の生《お》ひさき侍《はんべ》りけるになむ。それに

一 由緒ありげな僧。二 こっそり契っていたが。三 半挿。盥などに水を注ぐ漆器。
四 ひと揃え、の意か。
五 実話めかした作者の技巧。

師僧も女に、旅の道具を借用の依頼

六 僧の身にしては似つかわしくなくて。七 ここから師僧の手紙の内容。八 不老不死、香気ただよう仙境。
九 山賤。山住みの下賤な者。
一〇 伝説・説話上の人物か。品尽くの乞麿。戯名であろう。一一 こんなお願い事は申し上げるかも知れません。
一二 そんな連中でも、例えば。一三 不詳。一四 不詳。翁が太子の娘と浮き名を立て、卑しいながら、将来の楽しみを得た、との仏教説話があったか。老翁の醜い恋の物語をもじった書き出し。

も劣《おと》りたりける心かな、とは思《おぼ》すとも、一わりなきことの侍《はべ》りてなむ。

世《よ》の中《なか》の心細く悲しうて、見る人聞《き》く人は、朝《あした》の霜《しも》と消《き》え、夕《ゆう》べの雲とまがひて、いとあはれなることがちにて、二「あるは少《すく》なく、なきは数《かず》そふ世《よ》の中《なか》」と見え侍れば、三「わが世や近《ちか》く」とながめ暮《く》らすも、心地《ここち》尽《つ》くし砕《くだ》くことがちにて、「なほ世こそ、稲光《いなびかり》よりもほどなく、風の前《まえ》の火より消《き》えやすきものなれ」とも、うらがなしく思ひつづけられ侍れば、四「吉野《よしの》の山《やま》のあなたに家もがな、世のうき時の隠《かく》れ家《が》に」と、きは高《だか》く、思《おも》ひたちて侍るを、いづこにこもり侍らまし。

五富士《ふじ》の嶽《たけ》と浅間《あさま》の峰《みね》との六はざまならずは、七かまど山《やま》と八日《ひ》の御《み》崎《さき》との絶《た》え間《ま》にまれ、さらずは九白山《しらやま》と一〇立山《たちやま》とのいきあひの谷《たに》にまれ、また、一一愛宕《あたご》と比叡《ひえ》の山とのなかあひにもあれ、人のたはやすく通《かよ》ふまじからむところに、あとを絶《た》えてこもりゐなむと

厳しい発心、だが籠るに必要な品を

一 実はどうしても仕方ない窮状がありまして…。
二「あるはなくなきは数添ふ世の中にあはれいつまであらむとすらむ」(栄花物語、見はてぬ夢)。
三「背くべきわが世や近くなりぬらむ心にかかる峰の白雲」(続古今集・雑下)を引歌とするか。
四「み吉野の山のあなたに宿もがな世のうき時の隠れ家にせむ」(古今集・雑下)。
五 駿河の国、信濃の国の霊山。六 山峡。
七 筑前の国の宝満山か。
八 出雲の国の日御崎か。
九 加賀・越前・飛驒にまたがる霊場。一〇 越中の名山。
一一 山城国葛野郡の山。
一二 中国山西省代州五台県。

思《おも》ひ侍《はべ》るなり。

この国《くに》は、なほちかし。唐土《もろこし》の[一二]五台山《ごだいさん》、[一三]新羅《しらぎ》の峰《みね》にまれ、それもなほけぢかし。[一四]天竺《てんじく》の山、[一五]鶏《にわとり》の峰《みね》の岩屋《いわや》にまれ、こもり侍らむ。それもなほ[一六]土《つち》近し。雲の上に響きのぼりて、月日のなかにまじり、霞《かすみ》のなかにとび住《す》まばやと思ひたちて、この頃出《い》でたち侍《はべ》るを、いづちまかれども、[一七]身を捨てぬものなれば、[一八]いるべきものども多《おお》く侍《はべ》る。たれにかは聞こえさせむ。年頃も御覧《ごらん》じて久しくなりぬ。情《なさ》けある御心《おんこころ》とは聞きわたりて侍れば、かかるをりだに聞こえむとてなむ。旅《たび》の具《ぐ》にしつべきものどもや侍《はんべ》る。貸《か》させ給へ。

まづ、いるべきものどもよな。雲《くも》の上《うえ》に響きのぼらむ料《りょう》に、[一九]天《あま》の羽衣《はごろも》一つ、いと料に侍《はべ》る、求めてたまへ。それならでは、ただの[二〇]衵《あこめ》、[二一]衾《ふすま》、[二二]せめてはならはぬ野のやれ襖《あお》にても。または、[二三]十余《よ》間《けん》の檜《ひ》皮屋《はだや》一つ。廊《ろう》、寝殿《しんでん》、[二四]大炊《おおい》殿、[二五]車宿《くるまやどり》もよう侍れど、

三大霊場の一つ。黄竜寺とも。[一三] 新羅明神の本地か。[一四] 印度の古称。[一五] 鶏足山。迦葉尊者が入定、弥勒の出世を待った。[一六] 俗土に近い。[一七] 捨身。雪山童子の半偈投身の説話。[一八] 籠るに必要な品々。[一九] 「空を飛ぶ天の羽衣えてしがな憂き世の中にうちもとどめじ」(異本紫明抄・浮舟の巻)。

まず高級品、なければ次第に格下げ

[二〇] 単(ひとえ)の上に着た小袖。[二一] いまの掛け蒲団。[二二] せめての望みは、着馴れない破れ襖でも。防寒用の綿入れ着か。[二三] 柱と柱との間を「一間」という。現実味を越えた膨大な広さの家屋。当時の民家は板葺き。[二四] 食物の調理所。[二五] 車や輿(こし)を収納する建物。

遠《とお》きほどは一ところせかるべし。ただ腰《こし》に結《ゆ》ひつけてまかるばかりの料に、二屋《や》形《かた》一つ。三畳《たたみ》などや侍《はべ》る。四錦端《にしきはし》、五高麗端《こうらいはし》、六繧繝《うげん》、七紫端《むらさきばし》の畳《たたみ》。それ侍らずは、布《ぬの》べりさしたらむやれ畳《たたみ》にてまれ、貸し給《たま》へ。八玉江《たまえ》に刈《か》る真《ま》菰《こも》にまれ、九あふことかた野《の》の原《はら》にある菅菰《すがごも》にまれ、ただあらむを貸《か》し給へ。一〇十《と》布《ふ》の菅菰《すがごも》な給《たま》ひそ。筵《むしろ》は荒磯海《ありそうみ》の浦《うら》に一一うつなる出雲筵《いずもむしろ》にまれ、一二生《いき》の松原《まつばら》のほとりに出《い》でくなる筑紫筵《つくしむしろ》にまれ、一三みなをが浦《うら》に刈《か》るなる一四みつふさ筵《むしろ》にまれ、一五そこいる入江に刈《か》るなる一六たなみ筵《むしろ》にまれ、一七七条《しちじょう》の縄筵《なわむしろ》にまれ、侍らむを貸させ給へ。全《また》きなくは、やれ筵《むしろ》にても貸させ給へ。

屏風《びょうぶ》もよう侍り。唐絵《からえ》、大和絵《やまとえ》、布屏風《ぬのびょうぶ》にても、唐土《もろこし》のこがねを縁《へり》にみがきたるにもあれ、新羅《しらぎ》の玉《たま》を釘《くぎ》に打《う》ちたるにまれ、これらなくは、網《あ》代《じろ》屏風のやれたるにも貸《か》し給へ。盥《たらい》や侍る。丸盥《まろたらい》にまれ、一八うち盥にもあれ、貸し給へ。それなくは、欠《か》け盥

一 面倒である。厄介だ。二 牛車の車箱の上の屋根か。「腰に結ひつけて」と牛車との連想の面白さ。三 縁をつけたござの類。四 錦を用いた畳の縁。五 白地に雲形・菊花の模様を織り出した綾の畳の縁。六 赤地に色糸で花形・菱形を縦筋に織った畳の縁。七 四、五位の殿上人用。順次、品質が劣る。八 摂津の国三島群淀川。菰の名産地。九「逢ふこと難き交野の原」。河内の国。一〇 編み目が十筋ある菅菰。陸前の国宮城郡。「みちのくの十布の菅菰七布には君を寝させて三布に我れ寝む」(袖中抄)。二人寝用ではかたわら寂しい、と断った。一一 波うつと筵をうつ(作る)。一二 筑前の国の歌枕。一三 上総の国三

にまれ、貸し給へ。

一九けぶりが崎《さき》に鋳《い》るなる能登《のと》二〇かなへにても、二一真土《まつち》が原《はら》につくるなる讃岐釜《さぬきがま》にもあれ、石の上《いそのかみ》にあなる大和鍋《やまとなべ》にてもあれ、二二筑摩《つくま》の祭《まつり》にかさぬる近江鍋《おうみなべ》にてもあれ、二三楠葉《くずは》の御牧《みまき》につくるなる河内鍋《こうちなべ》にまれ、二四いちかどにうつなる二五さがりにまれ、二六とむ、二七片岡《かたおか》に鋳《い》るなる鉄鍋《かななべ》にもあれ、飴鍋《あめなべ》にもあれ、貸《か》し給へ。

二八邑久《おおく》につくるなる火桶《ひおけ》、二九折敷《おしき》もいるべし。三〇信楽《しがらき》の大笠《おおがさ》、あめのしたの三一つがり蓑《みの》も大切《たいせち》なり。三二いよ手箱《てばこ》、三三筑紫皮籠《つくしかわご》もほしく侍り。せめては、浦嶋《うらしま》の子《こ》が皮籠《かわご》にまれ、三四そでの皮袋《かわぶくろ》にまれ、貸《か》し給へ。

わびしきことなれど、露の命絶《いのちた》えぬかぎりは、食《く》ひ物《もの》もよう侍り。三五めうこくかみしの信濃梨《しなのなし》、三六いかるが山の枝栗《えだぐり》、三七三方《みかた》の郡《こおり》の若狭椎《わかさしい》、天《あま》の橋立《はしだて》の丹後和布《たごめ》、出雲《いずも》の浦《うら》の甘海苔《あまのり》、三八三《み》の橋《はし》の賀茂《かも》三九糫《まがり》、四〇若江《わかえ》の郡《こおり》のうちかぶと、四一野洲《やす》、栗本《くろもと》の近江餅《おうみもちい》、四二こまつ、

直郷か。一四 三総筵か。一五 底深く入る。一六 紀伊の国西牟婁郡田並か。一七 京都七条産か。一八 槌で打ち出した盥。一九 未詳。鼎《かなえ》ではない。二〇 能登産の釜。二一 不詳。二二 近江の国坂田郡筑摩明神の鍋祭。二三 河内の国交野郡樟葉。朝廷の牧場があった。二四 京都七条猪隈の市門か。二五 釣り下げ用の大口釜か。二六 大和の国生駒郡鳥見か。二七 大和の国北葛城郡。二八 備前の国邑久郡。二九 へぎで作った角盆。三〇 近江の国甲賀郡。三一 背腰の部分がつながった簑。三一 長柄のついた傘。三二 四国伊予産の手箱。三三 肥後の物産。行李のような箱。三四 不詳。三五 未詳。三六 丹波の国何鹿(いかるが)郡の

かもとの伊賀乾瓜《いがほしうり》、かけたかねの松の実《み》、一みちくのしまのうべあけび、二こ山《やま》の柑子橘《こうじたちばな》。これら侍《はべ》らずは、三やものわたりのいり豆《まめ》などやうのもの、賜《たま》はせよ。

いでや、いるべきものどもいと多《おお》く侍り。せめては、ただ足《あし》鍋《なべ》一つ、長筵《ながむしろ》一つら、盥一《たらいひと》つなむいるべき。もし、これら貸《か》し給《たま》はば、四こころならむ。人にな賜《たま》ひそ。ここに使《つか》ふ童《わらわ》、五おほぞらのかげろふ、海《うみ》の水のあわ、といふ二人の童《わらわ》べにたまへ。出《い》でたつ所は、六科戸《しなど》の原《はら》の上《かみ》の方《かた》に、天《あま》の川のほとり近《ちか》く、七鵲《かささぎ》の橋《はし》づめに侍り。そこにかならず送《おく》らせ給へ。これら侍らずは、えまかりのぼるまじきなんめり。世《よ》の中に、もののあはれ知り給ふらむ人は、これらを求めて給へ。なほ、世《よ》をうしと思ひいりたるを、もろ心《ごころ》八にいそがし給へ。

かかる文《ふみ》など、九人に見せさせ給ひそ。一〇ふくつけたりけるものかなと、見る人もぞ侍る。御《おん》一一かへりはうらによ。一二ゆめゆめ。

山。三七 若狭の国三方郡。三八 賀茂神社の御橋殿(みのはしどの)の橋か。三九 糯米《もちごめ》の粉をこね、油であげた菓子。四〇 河内の国若江郡。四一 近江の国野洲郡栗太郡。四二 不詳。

一 道の奥の島の意か。
二 不詳。三 不詳。
仕事を急がせ、最後に説教を垂れて
四 私の思いにかなうだろう。
五 大空の陽炎・海の水の泡。ともに戯名。六 風神の級長戸辺命(しなとべのみこと)が居る原。
七 牽牛・織女星が出逢いの折、鵲が翼を並べて天の川を渡すという橋。
八 「いそがせ給へ」の誤りか。
九 「人にな…そ」とありたいところ。一〇 不詳。慾ばり・むさぼるの意か。

[一三]つれづれに侍るままに、よしなしごとども書きつくるなり。[一四]聞くことのありしに、[一五]いかにいかにぞや覚《おぼ》えしかば、風の音《おと》、鳥《とり》のさへづり、虫《むし》の音《ね》、波《なみ》うちよせし声[一六]に、ただそへ侍りしぞ。

一一 お返事はこの手紙の裏に。
一二 手紙の終りの常套文句。「ゆめゆめ漏らすなかれ」。
一三 以下、僧の手紙の続き(追伸)か。この消息文を書き写した者の跋文とも。
一四 師僧が女を諌めた。冒頭文「ゆゑだつ僧、しのびて語らひけるほどに」。
一五 どういってよいか、ともかく好ましくないと。
一六 …のように、そこはかとなく聞こえてくる噂を気づかって。

全国物産品の産地・品物に不詳のものが多い。ただ『枕草子』『新猿楽記』『夫木和記抄』『庭訓往来』『延喜式』など参考文献も多い。なお詳細に調査の必要があろう。

（断章　冬ごもる…）

[一]冬ごもる空の気色《けしき》に、[二]しぐるるたびにかきくもる袖《そで》の晴《は》れ間《ま》は、[三]秋よりことに乾《かわ》く間《ま》なきに、むら雲はれ行《ゆ》く月《つき》の、ことに光《ひかり》さやけきは、[四]木葉《このは》がくれだになければにや。[五]なほはしのばれぬなるべし、あくがれいで給ひて、[六]あるまじきことと思ひかへせば、[七]ほかざまにと思《おも》ひたたせ給ふが、[八]なほえひきすぎぬなるべし。いとしのびやかに入りて、あまた人の気配《けはい》するかたに、[九]うちとけゐたらむ気色《けしき》もゆかしく、さりとも、[一〇]みづからのありさまばかりこそあらめ、[一一]なにばかりのもてなしにもあらじを、[一二]おほかたの気配《けはい》につけても。

一 冬ごもりをしているような、寒々とした空の様子。「冬ごもる峰のまさきのあらはれていく秋めぐる時雨なるらむ」（順徳院御集）。

月光のもと、姫君の屋敷に忍んだが

二 「ひさかたの月の桂は色そへて時雨るるたびに曇る空かな」（続後拾遺集・冬）。

三 この秋から一層のこと。

四 「今よりは木の葉がくれもなけれども時雨に残るむら雲の月」（千五百番歌合・源具親）。

五 さやかな月光を見て、やはり我慢できぬのであろう。男君の心情。

六 あの方（かた）を訪ねてはいけないことだと。

七 他の心やすく通っている女のもとへ。

八 やはり姫君の所を素通り

できかねるのであろう。
九 あの方がくつろいでいる様子も見たいし。
一〇 姫君の有様は見るかいがあるとしても。
一一 私をどれほどもてなしてもくれまいし。
一二 姫君のまわりの雰囲気につけても。

解説

『堤中納言物語』の楽しさ、面白さ

大槻　修

譬《たと》えてみれば、宝石箱から転《ころ》がり出た珠玉《しゅぎょく》の作品十編といえようか。「六条斎院禖《ろくじょうのさいいんばい》子《し》内親王家物語歌合《ないしんのうけものがたりうたあわせ》」(天喜《てんき》三年〈一〇五五〉五月三日)に提出された十八編の物語の題名もそうだが、「堤中納言物語」の場合も、いわゆる中世王朝物語に共通する題名の優雅さ――。いわく「花桜折《はなさくらお》る」「逢坂越《おうさかこ》えぬ」「思《おも》はぬ方《かた》にとまりする」。それが中将であれ、権中納言であれ、まずは心魅《み》せられ、読みたくなる恋物語、さてその内容は、と読者を誘《いざな》い寄せる。

かと思えば、「このついで」「ほどほどの懸想《けそう》」と、いかにも思わせぶりな題名、思わずページを繰《く》りたくなってしまう。「虫めづる姫君」の、あまりに王朝の姫君らしからぬ言動を読んで、往時の読者もさぞ驚いたことだろう。それもいきなり「蝶《ちょう》めづる姫君のすみ給《たま》ふかたはらに」と始まるだけに、一層のこと。では、十編の物語にみられる特徴の二、三をめぐって——。

巡《めぐ》り巡《めぐ》る物語　「舞踏会の手帖」「輪舞《りんぶ》」など、往年の懐かしいオムニバス映画の世界に身を委《ゆだ》ねた感慨を思い出して欲しい。一貫した「あはれ」の情趣《じょうしゅ》を基盤に、⑴子をめぐる悲劇的な恋、⑵参籠《さんろう》の苦渋《くじゅう》に満ちた厭世的《えんせいてき》な女、⑶丈《たけ》なす黒髪を切る姫君の出家、以上の三題話の巧みな構成を誇る「このついで」。題名から内容へと、独得な索引力と誘導性を含んでいる。ともあれ、中宮に対する帝寵の復活を思わせる文末は心暖《あたた》かい。

一方、⑴小舎人童《ことねりわらわ》と女《め》の童との純な恋、⑵若侍《わかざむらい》と女房とのあだな恋、⑶頭の中将と故式部卿《しきぶきょう》の宮の姫君とのもの憂い恋。以上のような「ほどほどの懸想」の三者三様(下層・中層・上層の各階級)の恋の実相が展開する。そこには人生の一つの流れがあった。

話芸の妙　緩急自在《かんきゅうじざい》のリズム、最後に歌一首を残して、以後の男君と女君との恋の推移を、すべて読者によすがとして残す「逢坂越えぬ権中納言」の筆法は、計算された巧みな幕切れである。特に限られた時間内に、自作を効果あらしめる重要なポイントは、話を〝いかに切り上げるか〟であろう。聴衆の寄せる反応と雰囲気を鋭く察知し、〝そのつづき〟を期待させながら、相手に心楽しい余韻を残して、さっと高座を去る芸達者な咄家《はなしか》の技《わざ》に共通するものがあろう。

さらに加えて、理知的、科学的な言動に徹するかと思えば、全くそれとは裏腹な性格・風習を露呈する「虫めづる姫君」も、いわば語りに似た一面を持っている。「人はまことあり……」と高尚な発言のあと、毛虫の蒐集《しゅうしゅう》という異常な行為を描き、「人はすべて、つくろふところあるはわろし」と、時代を超えた真理を貫く発言のあと、姫君の化粧の異様さに逃げ惑う侍女たち。姫君の言葉は、論理にかなうように似て、どこか理屈倒れしており、思索と言動との間にアンバランスなものが存在する。一編の語り口は、時に冗舌《じょうぜつ》であり、時に簡潔・真面目である。

遊びの精神　光遠《みつとお》・光季《みつすえ》・季光《すえみつ》と、まぎらわしい人物名を駆使《くし》して「遊び心」を誘う「花桜折る少将」は、春のくまなき月に騙《だま》し騙《だま》される「花桜折る」中将(標題を改める)の、痴癡《おこ》なる物語でもあった。色好みで美貌かぎりない貴公子、中将の君も、恋の浮き名を流した果て、うまく老尼に謀《はか》られて、姫君を盗みそこなったという。さて「そののち、いかが」と、読者に興味を転化させる語りの妙《みよう》も見逃せない。

さて、右大将の子息の少将と右大臣の子息の権《ごん》少将と……。一般に「権」がついていても、あえていわず「少将」と呼称した当時、これはまぎらわしい「思はぬ方にとまりする少将」の構成。まさしく読者を翻弄《ほんろう》しようとする作為がうかがわれよう。この二人の少将と、それぞれ愛人の関係にあった姉妹二人の、思いがけぬ取り違え事件。その結果が、いわば二組四人の夫婦交換―スワッピングという猟奇趣味《りょうきしゅみ》は、いささか〝遊び心〟も程度を超えたというべきか。

ならば「虫めづる姫君」。姫君を対象とする物語に、蟷螂《いぼじり》・蝸牛《かたつむり》・螻蛄《けら》・蟇《ひき》など十種を超える虫オンパレードは、わが頭脳に納めた昆虫図鑑の豊かさを誇り、併せて読者奉仕を意図した作者の〝遊びの精神〟が読み取れよう。また本地《ほんじ》・蝸牛角上《かぎゅうかくじょう》・生前《しょうぜん》の親《おや》・福地《ふくち》の園《その》など学識ぶった文句を散りばめると思いきや、一方では、女装した右馬《うま》の佐《すけ》という好き者が、蛇の贈り物を姫君に捧げたり、最後に「まへの毛」(異説もあるが)の戯《ざ》れ歌をプレゼントするなど、まだ熟さぬ女の性を、大人のエロチックな視座に据えて見る楽しさが、そこには存在する。

加えて、女性評判記を思わせる一編「はなだの女御」。四十三人もの人物、二十一種に及ぶ草花の登場とは、いささか度《ど》が過ぎるといえようか。確かに、紫の上を「春のあけぼのの霞の間《ま》より、おもしろき樺桜《かばざくら》の咲き乱れたるを」見るような気持がする(『源氏物語』野分《のわき》の巻)といった形容は、王朝物語によく見られる譬《たと》えだが、いかに草花が人間の性格づけと連繫《れんけい》するとはいえ、やはり社交的かつ文芸沙汰の「前栽合《せんざいあわせ》」に一脈通ずるものであろう。

全国名所名産図会　珍しく書簡体小説の「よしなしごと」。一種の戯文《ぎぶん》だが、僧侶と女との愛欲の情をただよわせながら、山籠《やまごも》りに必要な道具を求める師僧の品物選びが、超高級品から、とどのつまりは粗悪品《そあくひん》までと、つぎつぎ飽くことなき品目の羅列《られつ》は、いささか病的なまでに執拗《しつよう》だが、最近デパートで度繁《たびしげ》く開かれる○×物産展示会を思わせ、物品にこだわる人士には大いなる楽しみでもあったろう。ともあれ瞠目《どうもく》に値《あたい》する陳列一覧であり、寿限無寿限無《じゅげむじゅげむ》とはまた違った話芸の妙を発揮できる作品といえよう。

一、語り語られる世界

周知の通り、『堤中納言物語』のなかの一編「逢坂越えぬ権中納言」は、『類聚歌合《るいじゅううたあわせ》』巻八「六条斎院禖子内親王家物語歌合」に歌一首をとどめ、天喜三年(一〇五五)五月三日、庚申《こうしん》の夜、女房の小式部《こしきぶ》が提出した作品と判明し、これによって従来説かれてきた『堤中納言物語』十編同一作者説は退けられた。

ただ、この物語集が誰によって、いつ蒐集《しゅうしゅう》されたのか、なぜ『堤中納言物語』と名付けられたのか、諸説ありながら今もなお判然としない。その点では謎《なぞ》の多い作品である。

まず、十編すべてが該当するわけではないが、「物語歌合」に提出された、という一面を含んで、「語り語られる世界」からみた二、三の問題を考えてみよう。

十八人の女房が計十八編の作品を提出した庚申の夜、「物語歌合」の実態はどのようなものであったか。小木喬氏は、五月三日に「物語歌合」、五日に「物語合」が開かれたと考え（『散逸物語の研究』）、樋口芳麻呂氏は、五月五日開催が、庚申の夜を選んで三日に繰り上がり、外見的な紹介の「物語合」のあとで、詠作事情を説明した「物語歌合」が行われた、とみる（『平安・鎌倉時代散佚物語の研究』）。また鈴木一雄氏は、当夜出されたものは全部が短編であり、長編の作品は、そのなかの一帖《いちじょう》が出されたのではないか、と指摘している（『堤中納言物語序説』）。

ただ、「物語合」という以上、結番《けつばん》とか披講《ひこう》の仕方をも含めて、時間配分をどうするか、その左右の区別、順序その他、実情に不鮮明の点が多い、が、要するに庚申の当夜は、当時の俗信から一晩徹夜し、女房たちは自慢の一作《いっさく》を披露して、勝負を競ったことには違いなかろう。ここに「短編物語」の生まれ出る大きな要因があった。

かりに一日一晩の行事として、長大な枠組《わくぐみ》のなかで、主題を綿密に分析・構成した『源氏物語』や『夜の寝覚』（本来、二十巻近い大作であった、という）などの長編は、

「物語歌合」の対象とはなり得ない。たとえ長編の場合でも、そのうちの一帖を切り出せば、十分その全体を象徴し得る構成を持つものに限られたことだろう。

〝限られた時間〟内に、満座《まんざ》の関心と注目をひく必要性に迫られる「合《あわせ》」の場合、重要なのは作品の構成力と語り口の巧みさであった。ダラダラと起伏に乏しく、人生いかに生きるべきか――と、純文学的な重圧に押し拉《ひし》がれそうな内容の作品よりも、話の展開に山あり谷あり、比較的単純な枠取《わくど》りのなかで、時に大真面目であり、時に饒舌《じょうぜつ》が混じり合って、その作品を聞き終った時、「面白かった」と満足する体《てい》のものが望ましい。そこに現代の「落語」の話芸に似た一面が要求されたに違いない。

「逢坂越えぬ権中納言」の場合、逢坂の関《せき》を越えるのか、越え得ぬのか、恋物語の読者の関心は、この一点に集中する。「逢坂越えぬ」権中納言とは……。悲恋と悲愁に心屈折した『源氏物語』薫《かおる》の君や、『狭衣物語《さごろも》』主人公を想像したのか、この「題名」が、以後の物語られる作品の主題と内容とを枠取りしてゆく。起筆《きひつ》・冒頭文《ぼうとうぶん》を、引き歌を散りばめた情景描写の一文で構成し、次第に本題に導入してゆく手順は、音読《おんどく》に適した筆法であり、やがて話を大きく二分割し、前半は根合《ねあわせ》・管弦に関する明の部分、後半は宮の姫君に報《むく》われぬ暗の部分と、単純明快な作られ方は、聴く者に気楽な楽しさを提供したことであろう。

文章全体に、和歌の朗誦《ろうしょう》を含めて会話体の部分が多く(和歌・漢詩の朗吟が計六か所、会話の部分が四十か所を超える。加えて心中思惟の個所も)、総体的に句点で明快に切れず、読点で引きずる(王朝物語が、いわばそうした傾向にあるとしても)個所も目立ち、これとても、合《あわせ》の場を意識した短編物語を作る上で、意識的・無意識的に採用された技法ではなかったろうか。

話の内容に、聴く者の知的教養のレベルをためす一節を設けて、白楽天《はくらくてん》「琵琶行《びわこう》」を下敷にして、相手の反応をみたり(稲賀敬二『堤中納言物語』)、自作の一編を、提出する『物語歌合』の月日に符合させて書く手口《てぐち》も、また後冷泉天皇『殿上《てんじょう》歌合』(永承六年〈一〇五一〉五月五日)の模様を見聞した小式部が、それを素材として自作に取り込む手口は、今日でいうキワ物的な取り扱いで、ニュース性を聴く者に認知させる効果があり、すべては〝語り語られる〟場に提出するにふさわしいといえよう。

加えて、最後に歌一首をとどめて、以後の男君と女君との恋を読者に託《たく》する筆法もまた計算された巧みな幕切れであり、これまた咄家《はなしか》の技《わざ》と共通するものであった。

「虫めづる姫君」の場合、題名が、起筆の明快さと相俟《あいま》って、趣向の面白さを提示し、話の段取りは「物語歌合」向きに恰好《かっこう》な(この一編が、そうした場に提出された証拠はないにしても)形態を持ち、いわば語りに似た一面を持っている。

話のテンポが早く、高尚な発言のあと異常な姫君の言動を語り、真理を説く発言のあと異様な化粧をするなど、ともあれ姫君の言葉はどこか理屈倒れしており、思索と言動との間にアンバランスなものが存在する。その点『源氏物語』帚木《ははきぎ》の巻で、藤式部丞《とうしきぶのじょう》が体験談として語る「博士の娘」は、学者の家柄ゆえに、世間一般には不似合いな言葉遣いをしたに過ぎず、この作品とは比較の対象になり得ない。

蜂飼の大臣、藤原宗輔《ふじわらのむねすけ》や、その娘若御前《わかごぜ》のことが指摘されるが、本編に登場する十種以上の虫オンパレード、また蛇の偽物を贈られた姫君が驚いて逃げ惑う様子を、「立ちどころ居どころ蝶のごとく、せみ声にのたまふ声」と描写するなど、ともども高座の咄家なれば、存分に〝見せる芸〟を発揮したことであろう。

二、総題としての書名と編纂者

十編の短編物語と一つの断章からなるこの物語集が、なぜ『堤中納言物語』と称せられるのか、また現存本のように編纂された時期・編者等に関しても、不明とするところが余りに多い。すでに説かれるように、(1)「逢坂越えぬ権中納言」の一編が、天喜三年(一〇五五)五月三日、「六条斎院禖子内親王家物語歌合」に、小式部作として提出され、また、(2)「逢坂越えぬ権中納言」「花桜折る少将」「ほどほどの懸想《けそう》」「貝合」「はいずみ」の五物語の歌が、文永八年(一二七一)成立した物語歌集『風葉和歌集』に、一首ずつ入集していること、さらに、(3)旧内閣文庫や静嘉堂文庫蔵、大野広城本系の巻末識語に、「元中二年三月書写　亜相(花押)」という古写の巻物の奥書が模写されており、これが「よしなしごと」一編にかかわるものと見られる(必ずしも「よしなしごと」のみの奥書と断じ得ないとも)こと――以上が一応、総括的にいえる程度で、各編の細部にわたって、それぞれ作者・成立等を考究する論は諸説あって判然としない。いま、その大要は、あとに併記する「各編の書名と成立・作者」に譲るとして、総題としての書名と編纂者について、従来の諸説を要約して掲げる(松村誠一「堤中納言物語」久松潜一編『日本文学史・中古』、鈴木一雄『堤中納言物語序説』、三谷栄一『堤中納言物語』鑑賞日本古典文学12、三谷邦明「堤中納言物語」『体系物語文学史』第三巻などを参照)。総題に関して、

一、作者を堤中納言兼輔と考える説。江戸時代の写本奥書に記されたが、いまは完全に否定されている。

二、兼輔の事蹟を書いた作品集と考える説。これも否定されている。
三、勧修寺家《かんじゅじけ》と関係ある説。「堤」と号する人々がおり、能書家で絵巻などの製作に関係したとして、その総称が付されたとする説。
四、江戸初期に、甘露寺家から出た堤家の人が所持したところから、とする説。
五、「思はぬ方にとまりする少将」の作者が藤原朝方《ふじわらのあさかた》で、その号「堤中納言」の書き込みが書名になった。
六、「花桜折る少将」に記された「散る花を」の歌が、『権中納言兼輔卿集』のなかの歌「もろともに」と似ており、誤認した後人が、「堤中納言」と傍注し、やがて書名となった。
七、『小夜衣《さよごろも》』の別名「異本堤中納言物語」と、題名が混同した、という説。
八、「このついで」、第一話「子だにかく」の薫物の歌の話が、兼輔のことを描いたと誤読し、また「よしなしごと」以外の九編の男主人公の官職が、すべて兼輔歴任のものであり、全編が兼輔のことを書いたと誤解した、という説。
九、十編を一括して包んだ「つつみ」が「堤」となり、「堤中納言」へと題名が成長した、とする説。

以上、数多く提議された題名考について、有力なのは、最後の「包み」―「堤」説だが、これとても確たる証拠があるわけではない。結局のところ、『堤中納言物語』は、その総題の、よって来《きた》るところすら不明といった現状である。

かつて、十編をひとまとめにした編者を、藤原定家に擬する説(吉川理吉「堤中納言物語は定家の編か」『国文学論叢』一九四八年七月)が出された。前述のように、「逢坂越えぬ権中納言」のケースを考えれば、十編同一作者説は許されないにしても、定家編者説は改めて検討の必要があろう。すでに説かれるように、三手文庫蔵、今井似閑本『堤中納言物語』の奥書に、かつて藤原為氏《ためうじ》自筆本があった由、また為相《ためすけ》筆津軽家旧蔵本も伝わっていたらしいこと、さらに「花桜折る少将」を含めて五編の歌が『風葉和歌集』に採《と》られており、かつ『風葉和歌集』の実質的編者が為家ではないか(樋口芳麻呂『平安・鎌倉時代散逸物語の研究』)とする。加えて『物語二百番歌合』(定家撰)と『風葉和歌集』との間に密接な関係がある(大槻修「物語二百番歌合から風葉和歌集へ」島津忠夫編著『和歌史の構想』)とすれば、定家―為家―為氏―為相の線は無視し得ぬものがあろう。歌集・歌編は当然のこととして、物語に関しても『松浦宮《まつらのみや》物語』『有明けの別れ』など、藤原定家のかかわる分野は余りに広い。何かと定家に集約される傾向には慎重を要するが、ただ「花桜折る少将」の光季《みつすえ》・季光《すえみつ》に触れて、定家の初名が光季、後に季光と改め、ついで定家と改めたこと(『公卿補任』『尊卑分脈』)、河内本『源氏物語』の源光行・親行父子のうち、光行の父が光遠で、『尊卑分脈』によれば、「改、光季」とあることを含めて、『堤中納言物語』の編纂に関する「定家の独白」説(稲賀敬二『堤中納言物語』)は興味を引くところである。

三、各編の書名と成立・作者

花桜折る少将　〔題名〕通称「花桜折る少将」(高松宮本・宮内庁書陵部本その他諸本)とするが、「花桜折る大将」(善本とされる浅野家旧蔵本)、「花桜折る中将」(『風葉和歌集』の詠人名)の呼び名がある。一般に「中」と「少」との草体の誤り易さを原因と考え、「中将」を本来の題と推定する。また『落窪物語』の道頼との縁(安藤亨子「花桜をる中将物語」『体系物語文学史』第三巻)、光源氏の「中将」時代との関連性(鷲山茂雄「「花桜折る少将」新見」『物語・日記文学とその周辺』)が説かれる。「花桜折る」の語義は諸説あり、容貌の美しさを説く向きもあるが、『源氏物語』『狭衣物語』などの用例から、「美女を手に入れる」の意であろう。

〔成立・作者〕この物語の歌が『風葉和歌集』に入っており、同集の撰進《せんしん》された文永八年(一二七一)以前の成立。ただ、早く定家執筆説や、また登場する三人の人物名に関連して諸説あるが、大凡《おおよそ》は天喜三年(一〇五五)前後の作か。『赤染衛門集《あかぞめえもんしゅう》』に「花桜」という物語があるが、本物語との関係は判然としない。なお作者に擬《ぎ》する具体的な人物名は未詳、男女別も推測の域を出ない。

このついで　〔題名〕本文に「この御火取のついでに」(第一話)、「あいなきことのついでをも」(第二話)とあり、薫物の火取の縁語「籠」をからめて命名したか。また『源氏物語』梅枝の巻に薫物合があり、「このついでに、御方々の合はせ給ふ」の語が、作者の意識の底流にあったとも考えられよう。

〔成立・作者〕清水《きよみず》参籠の女が「いとふ身は」と歌を詠み、「風の前なる」と嘆く条があり、和泉式部の歌を踏まえているとすれば、物語成立の上限となるが、『倶舎論《ぐしゃろん》』などに見られる仏語を、両者共通して引用したとも考えられる。ただ、和泉式部の歌風や歌集の情況に親近している(三角洋一『堤中納言物語　全訳注』)点は見逃せない。引歌・語法の上から、『風葉和歌集』成立の後とする(土岐武治『堤中納言物語の研究』)説もあるが、大凡は十一世紀後半ごろの成立か。作者も判然としない。

虫めづる姫君　〔題名〕主人公の姫君が数多くの虫類を集め、特に毛虫を愛好する性癖から生まれた。ただ、題名が作品の主題と深く関わっている点は、「花桜折る少将」や「逢坂越えぬ権中納言」と共通しており、また「このついで」では巡り話が展開するなど、題名とその作品の内容・構成とが巧みな照応関係にある。

〔成立・作者〕鎌倉期の成立とする見解と平安末ごろとする見解とに大別される。なお、成立と関連して『今鏡』第六「から人の遊び」や『古事談』『十訓抄』などに掲げる藤原宗輔《むねすけ》の逸話――蜂を愛した話があり、「虫めづる姫君」を宗輔の女《むすめ》(若御前)に擬する説(山岸徳平『堤中納言物語全註解』)や、宗輔・宗忠兄弟、その父宗俊などの周辺にモデルを見出す(稲賀敬二『堤中納言物語』)立場がある。男性の作になるか。なお『源氏物語』帚木の巻「雨夜の品定め」に見える学者の娘のイメージが、作者の念頭にあった(稲賀敬二・前掲書)とする見解もある。

ほどほどの懸想　〔題名〕本文中に「ほどほどにつけては、かたみにいたしなど思ふべかんめり」とあり、上・中・下の三層にわたる三者三様の恋の実相を描くところから命名された。

〔成立・作者〕物語中の歌が『風葉和歌集』に見えるので、同集成立の文永八年(一二七一)以前の成立は間違いない。史実のモデルとして、姫君のいた故式部卿の宮を、小一条院の御子敦賢親王(承保四年〈一〇七七〉没)に擬し、その第三女敦子内親王を当てる説(山岸徳平『堤中納言物語全註解』)、作中の「したにのみ」「ひとすぢに」の贈答歌が後朱雀院と梅壺女御《にようご》藤原生子との贈答(『栄花物語』巻三十四)を踏まえるとする説(寺本直彦「「ほどほどの懸想」物語と「あらばあふよのとなげく民部卿」物語」)、『風葉和歌集』にとられた「ひとすぢに」の歌と、『中務《なかつかさ》集』の「吹く風に」の歌との類似から、十世紀後半に活躍した中務を擬する説(野村一三「堤中納言物語中八編の作者について」)、また「花桜折る少将」「このついで」「逢坂越えぬ権中納言」「貝合」など作風の共通性から、永承・天喜(一〇四六―五八)ごろの成立と考える説(鈴木一雄『堤中納言物語序説』)などあって判然としない。天喜三年前後、女性の作になるか。

逢坂越えぬ権中納言　〔題名〕一般に「逢坂を越えず」とは、思っている相手と契り得ぬ、の意に用い、物語中でも主人公の中納言は、姫君のもとに忍び入って口説《くど》くが、結局のところ姫君と契るを得なかった。「花桜折る少将」と同じく、題名が作品の主題を提示し、作品の内容を誘導する。「逢坂(の関)を越えず」を、こうした意味に用いる例は、『伊勢物語』『後撰和歌集』『源氏物語』『狭衣物語』『とりかへばや』などにあり、当時の読者の常識でもあったろう。

〔成立・作者〕『類聚歌合』巻八「六条斎院禖子内親王家物語歌合」に「逢坂越えぬ権中納言　こしきぶ」とあり、この物語中の一首「君が代の」の歌がとられ、天喜三年（一〇五五）五月三日庚申の夜、女房の小式部が提出した作品と判明、よって従来の『堤中納言物語』十編同一作者説は退けられた。小式部は、『後拾遺和歌集』『千載和歌集』『続後撰和歌集』『玉葉和歌集』などに計六首の歌が採られ、禖子内親王家の歌合にも五度出場、十二首の歌を残している。後拾遺集時代の女流歌人の一人と思われるが、下野守藤原義忠の女とする説や道長の長女禧子の乳母で、紀伊守源致時の女、従三位源隆子とする説など、また出仕先も諸説あって判然としない。

貝合　〔題名〕本文中に、「貝合せさせ給はむとて」とあるが、題名に逆《さか》らって物語の中身は、その準備段階が中心となっている。なお『風葉和歌集』雑三に、「かひなしと」の歌が「貝合の蔵人少将」として入集している。

〔成立・作者〕後冷泉天皇の天喜・康平ごろ成立かと推測し、「貝合」と「貝覆」とが混同される以前の作品か、と見る説（山岸徳平『堤中納言物語全註解』）、この物語の作風から永承・天喜ごろ成立とする説（鈴木一雄『堤中納言物語序説』）などがあり、大凡は後冷泉朝（一〇四六―六八）ごろの成立と見るのが穏当か。『類聚歌合』（二十巻本）に収められた長久元年（一〇四〇）五月六日の「斎宮良子内親王（後朱雀院第一皇女）家貝合」が、「貝合」の具体的資料としては最古の例であり、特に当時、良子内親王十二歳であり、物語中の姫君のそれと近いことは注目される。また良子内親王貝合当日の日記に、達意の文を記している逸名女房を、作者の一人に擬する説（稲賀敬二『堤中納言物語』）、本文中の歌二首（「かひなしと」と「白波に」）と類似した『周防内侍集《すおうのないししゅう》』の歌との関係から、作者を周防内侍に擬する説（野村一三「堤中納言物語中八編の作者について」）などがある。

思はぬ方にとまりする少将　〔題名〕『古今和歌集』以来の慣用句として、「思はぬ方にとまりする」という表現は定着しているが、特に『拾遺和歌集』巻五「風をいたみ」（源景明）の歌とその詞書《ことばがき》に注目し、さらに同じ景明の旋頭歌《せどうか》「梓弓……」と物語末尾「思はずに」の歌との用語が類似するとして、「景明の和歌の作歌事情の逆々をゆく一種のアイロニーを作意の背後に想定し、本物語の題は景明の歌から出ている」と推定する説（稲賀敬二『堤中納言物語』）は注目されよう。

〔成立・作者〕物語中の「いつまでとのみながめられ給に」の引歌をめぐって諸説ある。『狭衣物語』巻四「いつまでと」をあて、『狭衣物語』より若干後、鳥羽帝の保安

（一一二〇—二四）前後の成立とし、女流歌人肥後《ひご》を作者に擬する説（山岸徳平『堤中納言物語全註解』）、『式子《しょくし》内親王集』雑「ささがにの」に依《よ》るとし、また作品中の「侍りなんず」「車よせ」の語を検討して、『風葉和歌集』の成った文永八年（一二七一）前後、鎌倉時代の作とする説（土岐武治『堤中納言物語の注釈的研究』）など。また、藤原朝方の作とし、文治四年（一一八八）ごろまでの成立とする説（野村一三「堤中納言物語の作者と題名について」『苫小牧駒沢研究紀要』）や、『とりかへばや』に似て、取り違え事件を扱い、作風・叙述の面から、院政期から平安末期ごろ成立とする説（吉田美枝「堤中納言物語研究」『東京女子大日本文学』）などもあって、定説をみない。

はなだの女御　〔題名〕諸説あるが大別して、(1)はなだ—縹《はなだ》（露草の異名）・花田と見る、(2)はな〲の踊字《おどりじ》の誤写として「花々」とし、「女ご」を「女御」に誤ったと考える——の両説がある。多くの女性を草花に譬《たと》えており、縹を題名にした（清水泰『堤中納言物語評釈』）、花の咲き乱れている田を数多くの女御に譬えた（藤田徳太郎『岩波講座・日本文学』）——との説。また「はなだ」に愛情関係の象徴を見るとして、四条の宮の女御（露草に譬えられる）に仕える五の君に、男が深く懸想している気持を題名に含んだとする説（土岐武治『堤中納言物語の研究』）や、催馬楽「石川」の歌詞にもとづいて、「縹」「絶ゆ」

の縁語関係が成立し、『うつほ物語』俊蔭《としかげ》の巻をも引用しながら、帝寵の薄い女御に関心を持つ好き男の物語と見る説(三角洋一『堤中納言物語 全訳注』)などが縹・花田説の主たるもの。また美しい花々に擬せられた女性たちを題意とする説(山岸徳平『堤中納言物語全註解』)、「はなだの女《おんな》ご」と考え、花色・山吹・口なし・女郎花――の連想から、女郎花の御方(右大臣の中の君)を口にした姫君をさす題名と見る説(稲賀敬二『堤中納言物語』)などが後者に属する。

〔成立・作者〕登場する女性たちが、実在人物を素材とし潤色を加えたとして、一条天皇在位の長保二年(一〇〇〇)九月から十月ごろを成立時期とし、四条皇太后宮に仕えた主殿《とのも》が書いたという説(山岸徳平『堤中納言物語全註解』)、『待賢門院《たいけんもんいん》堀川集《ほりかわしゅう》』の和歌と類似した点を挙げて、堀川を作者に想定する説(野村一三「堤中納言物語中八編の作者について」)、延応元年(一二三九)成立の『今物語』との関係から鎌倉中期の成立とする説(土岐武治『堤中納言物語の研究』)があり、また物語に登場する中宮を上東門院彰子に擬する説(鈴木一雄『堤中納言物語序説』)に依れば、『源氏物語』成立の前に本編ができたことになる。

はいずみ　〔題名〕『伊勢物語』などに見られる二人妻の悲劇の類型を前半に持ち込み

ながら、「はいずみ」(掃墨—黒い眉墨)という題名を持つのは、平中墨塗り譚を応用した後半に主たる視点を置いたのであろう。

〔成立・作者〕平中墨塗り譚は『源氏物語』若紫の巻などに見え、この説話を載せる『古本説話集』の成立年時(平安末期、また鎌倉初期との説も)を、本編成立の上限とは決められない。下限は、物語中の一首「いづこにか」の歌が『風葉和歌集』に入集されており、文永八年(一二七一)と推定されよう。なお、この歌は異本系『伊勢物語』に類歌を載せている。また、物語中の「すみなれし」の歌と、類歌を載せる『千載和歌集』(雑上「住みなれし」)との関係から、平実重《たいらのさねしげ》を本編の作者にあてる説(野村一三「堤中納言物語中八編の作者について」)、説話継承の実体から推して、必ずしも平安末期の成立とせず、『源氏』以前と想定する説(三角洋一『堤中納言物語 全訳注』)などがある。

よしなしごと 〔題名〕文末「つれづれに侍るままに、よしなしごとども書きつくるなり」に依る。本編を書いた作者の謙辞か。

〔成立・作者〕『禅林小歌』との類似などから、浄土宗第七祖の聖冏《しょうけい》了誉(一三四一—一四二〇)を作者に擬する説(山岸徳平『堤中納言物語全註解』)、『徒然草』との関連や『衣かつき日記』などとの類似から、その著者二条良基(一三二〇—八八)の作とする説(土岐武治『堤中納言物語の研究』）、院政期、明衡の子藤原敦光を作者とする説（野村一三「堤中納言物語中八編の作者について」）、文中の「わが世や近くとながめ暮らすも」の句が、「洞院摂政家百首」（貞永元年〈一二三二〉）に詠まれ、『続古今和歌集』に採られた藤原知家（蓮性）の「そむくべき」を引歌とする説（三谷栄一『堤中納言物語』）、『和泉往来』との関係から、十二世紀末、建久三年（一一九二）をくだらないころの成立とする説（寺本直彦「堤中納言物語「よしなしごと」は平安後期の成立か」）などがある。一般に、鎌倉後期から南北朝期にかけて成立したかと考えられ、『堤中納言物語』の中では最も成立の遅い作とみなされているが、必ずしも鎌倉末期まで下げる必然性はなく、他の作品とからめて共時的に読むべきだ（小峯和明「よしなしごと」『体系物語文学史』）ともいわれている。

断章　冬ごもる　題名もなく、物語の書き出しらしい断章が、諸本に付されている事情は判然としない。⑴末尾が散逸したか、⑵未完に終ったのか、⑶古めかしく見せる後人の作為か——など諸説あり、近くは『枕草子』「男は女親亡くなりて」で始まる物語的な素描が、この末尾断簡と類似するところから、文芸好きな王朝人の所為とする考え方（稲賀敬二『堤中納言物語』）も示されている。

四、書誌・伝本・編次について

『堤中納言物語』の伝本《でんぽん》は、現在、六十余の写本が知られ、その冊数は、各編を別々に綴《と》じた十冊本や、五編ずつをまとめた二冊本、また全一冊本など、さまざまな形態を持ち、さらに十編の配列順序も、⑴「花桜折る少将」を第一冊目に、各編ほぼ四季順に並べたもの（一般の流布本諸本）、⑵その他、順序に差の見られるもの、⑶特に配列順序を伝えぬ十冊本（高松宮家蔵本）――に大別される。こうした編次《へんじ》に関する図表は、土岐武治の図表を補訂《ほてい》した三谷邦明（『体系物語文学史』）および鈴木一雄の作成した表（『堤中納言物語序説』）を参照していただきたく、要するに、十冊本に比較的書写の古いもの、また比較的善本《ぜんぽん》といえそうな写本が多い、とされている。転写を重ねて、多くの誤謬《ごびゅう》や脱落・修訂《しゅうてい》を産み出した現存六十余本の書写年代が、すべて近世以前に遡《さかのぼ》ることは困難であり、諸本の祖本が室町期以前に遡れないとすれば、書誌・伝本の考察にも一つの制約があろう。なお、諸本解題の意味で、計六十五項にわたり、鈴木一雄「諸本解説」（『堤中納言物語序説』）が発表されている。

堤中納言物語《つつみちゅうなごんものがたり》

2002年2月15日　第1刷発行
2024年5月15日　第14刷発行

校注者　大槻《おおつき》　修《おさむ》

発行者　坂本政謙

発行所　株式会社　岩波書店
〒101-8002　東京都千代田区一ツ橋2-5-5

案内 03-5210-4000　営業部 03-5210-4111
文庫編集部 03-5210-4051
https://www.iwanami.co.jp/

印刷・大日本印刷　カバー・精興社　製本・中永製本

ISBN 978-4-00-300211-7　　Printed in Japan

読書子に寄す

——岩波文庫発刊に際して——

岩波茂雄

真理は万人によって求められることを自ら欲し、芸術は万人によって愛されることを自ら望む。かつては民を愚昧ならしめるために学芸が最も狭き堂宇に閉鎖されたことがあった。今や知識と美とを特権階級の独占より奪い返すことはつねに進取的なる民衆の切実なる要求である。岩波文庫はこの要求に応じそれに励まされて生まれた。それは生命ある不朽の書を少数者の書斎と研究室とより解放して街頭にくまなく立たしめ民衆に伍せしめるであろう。近時大量生産予約出版の流行を見る。その広告宣伝の狂態はしばらくおくも、後代にのこすと誇称する全集がその編集に万全の用意をなしたるか。千古の典籍の翻訳企図に敬虔の態度を欠かざりしか。さらに分売を許さず読者を繫縛して数十冊を強うるがごとき、はたしてその揚言する学芸解放のゆえんなりや。吾人は天下の名士の声に和してこれを推挙するに躊躇するものである。このときにあたって、岩波書店は自己の責務のいよいよ重大なるを思い、従来の方針の徹底を期するため、すでに十数年以前より志して来た計画を慎重審議この際断然実行することにした。吾人は範をかのレクラム文庫にとり、古今東西にわたって文芸・哲学・社会科学・自然科学等種類のいかんを問わず、いやしくも万人の必読すべき真に古典的価値ある書をきわめて簡易なる形式において逐次刊行し、あらゆる人間に須要なる生活向上の資料、生活批判の原理を提供せんと欲する。この文庫は予約出版の方法を排したるがゆえに、読者は自己の欲する時に自己の欲する書物を各個に自由に選択することができる。携帯に便にして価格の低きを最主とするがゆえに、外観を顧みざるも内容に至っては厳選最も力を尽くし、従来の岩波出版物の特色をますます発揮せしめようとする。この計画たるや世間の一時の投機的なるものと異なり、永遠の事業として吾人は微力を傾倒し、あらゆる犠牲を忍んで今後永久に継続発展せしめ、もって文庫の使命を遺憾なく果たさしめることを期する。芸術を愛し知識を求むる士の自ら進んでこの挙に参加し、希望と忠言とを寄せられることは吾人の熱望するところである。その性質上経済的には最も困難多きこの事業にあえて当たらんとする吾人の志を諒として、その達成のため世の読書子とのうるわしき共同を期待する。

昭和二年七月

《日本文学（古典）》〔黄〕

- 古事記　倉野憲司校注
- 日本書紀　全五冊　坂本太郎・家永三郎・井上光貞・大野晋校注
- 万葉集　全五冊　佐竹昭広・山田英雄・工藤力男・大谷雅夫・山崎福之校注
- 原文万葉集　全二冊　佐竹昭広・山田英雄・工藤力男・大谷雅夫・山崎福之校注
- 竹取物語　阪倉篤義校訂
- 伊勢物語　大津有一校注
- 玉造小町子壮衰書 ―小野小町物語　杤尾武校注
- 古今和歌集　佐伯梅友校注
- 土左日記　紀貫之　鈴木知太郎校注
- 源氏物語　全九冊　柳井滋・室伏信助・大朝雄二・鈴木日出男・藤井貞和・今西祐一郎校注
- 源氏物語補作　山路の露・雲隠六帖 他二篇　今西祐一郎編注
- 枕草子　池田亀鑑校訂
- 更級日記　西下経一校注
- 今昔物語集　全四冊　池上洵一編
- 西行全歌集　久保田淳・吉野朋美校注
- 建礼門院右京大夫集 付 平家公達草紙　久松潜一・久保田淳校注
- 後拾遺和歌集　久保田淳・平田喜信校注
- 詞花和歌集　工藤重矩校注
- 古語拾遺　斎部広成撰　西宮一民校注
- 王朝漢詩選　小島憲之編
- 新訂 方丈記　市古貞次校注
- 新訂 新古今和歌集　佐佐木信綱校訂
- 新訂 徒然草　西尾実・安良岡康作校注
- 平家物語　全四冊　梶原正昭・山下宏明校注
- 神皇正統記　北畠親房　岩佐正校注
- 御伽草子　全二冊　市古貞次校注
- 王朝秀歌選　樋口芳麻呂校注
- 定家八代抄 ―続王朝秀歌選　全二冊　樋口芳麻呂・後藤重郎校注
- 閑吟集　真鍋昌弘校注
- 中世なぞなぞ集　鈴木棠三編
- 謡曲選集 読む能の本　野上豊一郎編
- 東関紀行・海道記　玉井幸助校訂
- おもろさうし　外間守善校注
- 太平記　全六冊　兵藤裕己校注
- 好色五人女　井原西鶴　東明雅校註
- 武道伝来記　井原西鶴　横山重・前田金五郎校注
- 西鶴文反古　井原西鶴　片岡良一校訂
- 芭蕉紀行文集 付 嵯峨日記　中村俊定校注
- 芭蕉 おくのほそ道 付 曾良旅日記・奥細道菅菰抄　萩原恭男校注
- 芭蕉俳句集　中村俊定校注
- 芭蕉連句集　中村俊定・萩原恭男校注
- 芭蕉書簡集　萩原恭男校注
- 芭蕉文集　潁原退蔵編註
- 芭蕉俳文集　全二冊　堀切実編注
- 芭蕉自筆 奥の細道　上野洋三・櫻井武次郎校注
- 蕪村俳句集 付 春風馬堤曲 他二篇　尾形仂校注
- 蕪村七部集　伊藤松宇校訂
- 蕪村文集　藤田真一編注
- 折たく柴の記　新井白石　松村明校注
- 近世畸人伝　伴蒿蹊　森銑三校註

雨月物語　上田秋成／長島弘明校注

宇下人言 修行録　松平定信／松平定光校訂

新訂 一茶俳句集　丸山一彦校注

増補 俳諧歳時記栞草 全二冊　曲亭馬琴編／藍亭青藍補／堀切実校注

北越雪譜　鈴木牧之編撰／京山人百樹刪定／岡田武松校訂

東海道中膝栗毛 全二冊　十返舎一九／麻生磯次校注

浮世床　式亭三馬／和田万吉校訂

梅暦 全二冊　為永春水／古川久校訂

百人一首一夕話 全二冊　尾崎雅嘉／古川久校訂

日本民謡集　町田嘉章／浅野建二編

芭蕉臨終記 花屋日記 付 芭蕉翁終焉記・前後日記・行状記　小宮豊隆校訂

醒睡笑 全二冊　安楽庵策伝／鈴木棠三校注

歌舞伎十八番の内 勧進帳　郡司正勝校注

江戸怪談集 全三冊　高田衛編・校注

柳多留名句選　山澤英雄選／粕谷宏紀校注

松蔭日記　上野洋三校注

鬼貫句選・独ごと　復本一郎校注

井月句集　復本一郎編

花見車・元禄百人一句　雲英末雄／佐藤勝明校注

江戸漢詩選 全二冊　揖斐高編訳

《日本思想》〔青〕

風姿花伝（花伝書）　世阿弥／野上豊一郎・西尾実校訂
五輪書　宮本武蔵／渡辺一郎校注
養生訓・和俗童子訓　貝原益軒／石川謙校訂
貝原益軒 大和俗訓　石川謙校訂
日本水土考・水土解弁・増補華夷通商考　西川如見／飯島忠夫・西川忠幸校訂
蘭学事始　杉田玄白／緒方富雄校註
島津斉彬言行録　牧野伸顕序
塵劫記　吉田光由／大矢真一校注
兵法家伝書 付 新陰流兵法目録事　柳生宗矩／渡辺一郎校注
長崎版 どちりな きりしたん　海老沢有道校註
農業全書　宮崎安貞編録／貝原楽軒刪補／土屋喬雄校訂
仙境異聞・勝五郎再生記聞　平田篤胤／子安宣邦校注
茶湯一会集・閑夜茶話　井伊直弼／戸田勝久校注
西郷南洲遺訓 附 手抄言志録及遺文　山田済斎編
文明論之概略　福沢諭吉／松沢弘陽校注
新訂 福翁自伝　富田正文校訂

学問のすゝめ　福沢諭吉
福沢諭吉教育論集　山住正己編
福沢諭吉家族論集　中村敏子編
福沢諭吉の手紙　慶應義塾編
新島襄の手紙　同志社編
新島襄 教育宗教論集　同志社編
新島襄自伝 —手記・紀行文・日記　同志社編
植木枝盛選集　家永三郎編
日本の下層社会　横山源之助
中江兆民 三酔人経綸問答　桑原武夫・島田虔次訳・校注
中江兆民評論集　松永昌三編
憲法義解　伊藤博文／宮沢俊義校註
日本風景論　志賀重昂／近藤信行校訂
日本開化小史　田口卯吉／嘉治隆一校訂
新訂 蹇蹇録 —日清戦争外交秘録　陸奥宗光／中塚明校注
茶の本　岡倉覚三／村岡博訳
武士道　新渡戸稲造／矢内原忠雄訳

新渡戸稲造論集　鈴木範久編
キリスト信徒のなぐさめ　内村鑑三
余はいかにしてキリスト信徒となりしか　内村鑑三／鈴木範久訳
代表的日本人　内村鑑三／鈴木範久訳
後世への最大遺物・デンマルク国の話　内村鑑三
ヨブ記講演　内村鑑三
足利尊氏　山路愛山
徳川家康 全二冊　山路愛山
豊臣秀吉 全二冊　山路愛山
妾の半生涯　福田英子
三十三年の夢　宮崎滔天／島田虔次・近藤秀樹校注
善の研究　西田幾多郎
続思索と体験・『続思索と体験』以後　西田幾多郎
西田幾多郎哲学論集 II —論理と生命 他四篇　上田閑照編
西田幾多郎哲学論集 III —自覚について 他四篇　上田閑照編
西田幾多郎歌集　上田薫編
西田幾多郎講演集　田中裕編

- 西田幾多郎書簡集　藤田正勝編
- 帝国主義　幸徳秋水　山泉進校注
- 基督抹殺論　幸徳秋水
- 日本の労働運動　片山潜
- 貧乏物語　河上肇　大内兵衛解題
- 河上肇評論集　杉原四郎編
- 西欧紀行 祖国を顧みて　河上肇
- 中国文明論集　宮崎市定　礪波護編
- 史記を語る　宮崎市定
- 中国史　全二冊　宮崎市定
- 大杉栄評論集　飛鳥井雅道編
- 女工哀史　細井和喜蔵
- 奴隷 ―小説・女工哀史1　細井和喜蔵
- 工場 ―小説・女工哀史2　細井和喜蔵
- 初版 日本資本主義発達史　全二冊　野呂栄太郎
- 谷中村滅亡史　荒畑寒村
- 遠野物語・山の人生　柳田国男

- 木綿以前の事　柳田国男
- 海上の道　柳田国男
- 蝸牛考　柳田国男
- 都市と農村　柳田国男
- 十二支考　全二冊　南方熊楠
- 津田左右吉歴史論集　今井修編
- 特命全権大使 米欧回覧実記　全五冊　久米邦武編　田中彰校注
- 日本イデオロギー論　戸坂潤
- 明治維新史研究　羽仁五郎
- 古寺巡礼　和辻哲郎
- 風土 ―人間学的考察　和辻哲郎
- 和辻哲郎随筆集　坂部恵編
- 倫理学　全四冊　和辻哲郎
- 人間の学としての倫理学　和辻哲郎
- 日本倫理思想史　全四冊　和辻哲郎
- 「いき」の構造 他二篇　九鬼周造
- 九鬼周造随筆集　菅野昭正編

- 偶然性の問題　九鬼周造
- 田沼時代　辻善之助
- パスカルにおける人間の研究　三木清
- 古代国語の音韻に就いて 他二篇　橋本進吉
- 吉田松陰　徳富蘇峰
- 林達夫評論集　中川久定編
- 新版 きけわだつみのこえ ―日本戦没学生の手記　日本戦没学生記念会編
- 新版 第二集 きけわだつみのこえ ―日本戦没学生の手記　日本戦没学生記念会編
- 君たちはどう生きるか　吉野源三郎
- 地震・憲兵・火事・巡査　山崎今朝弥　森長英三郎編
- 懐旧九十年　石黒忠悳
- 武家の女性　山川菊栄
- 覚書 幕末の水戸藩　山川菊栄
- 忘れられた日本人　宮本常一
- 家郷の訓　宮本常一
- 大阪と堺　三浦周行　朝尾直弘編
- 石橋湛山評論集　松尾尊兊編

手仕事の日本　柳　宗悦
工藝文化　柳　宗悦
南無阿弥陀仏 付 心偈　柳　宗悦
雨夜譚 —渋沢栄一自伝　長　幸男校注
中世の文学伝統　風巻景次郎
平塚らいてう評論集　小林登美枝・米田佐代子編
最暗黒の東京　松原岩五郎
日本の民家　今　和次郎
原爆の子 —広島の少年少女のうったえ 全二冊　長田　新編
臨済・荘子　前田利鎌
『青鞜』女性解放論集　堀場清子編
大津事件 —ロシア皇太子大津遭難　尾佐竹猛 三谷太一郎校注
幕末遣外使節物語 —夷狄の国へ　尾佐竹猛 吉良芳恵校注
極光のかげに —シベリア俘虜記　高杉一郎
古典学入門　池田亀鑑
イスラーム文化 —その根柢にあるもの　井筒俊彦
意識と本質 —精神的東洋を索めて　井筒俊彦

神秘哲学 —ギリシアの部　井筒俊彦
意味の深みへ —東洋哲学の水位　井筒俊彦
コスモスとアンチコスモス 東洋哲学のために　井筒俊彦
幕末政治家　福地桜痴 佐々木潤之介校注
フランス・ルネサンスの人々　渡辺一夫
維新旧幕比較論　木下真弘 宮地正人校注
被差別部落一千年史　高橋貞樹 沖浦和光校注
花田清輝評論集　粉川哲夫編
新版 河童駒引考 —比較民族学的研究　石田英一郎
英国の文学　吉田健一
中井正一評論集　長田　弘編
山びこ学校　無着成恭編
考史遊記　桑原隲蔵
福沢諭吉の哲学 他六篇　丸山眞男 松沢弘陽編
政治の世界 他十篇　丸山眞男 松本礼二編注
超国家主義の論理と心理 他八篇　丸山眞男 古矢　旬編
田中正造文集 全二冊　由井正臣・小松　裕編

国語学史　時枝誠記
定本 育児の百科 全三冊　松田道雄
哲学の三つの伝統 他十二篇　野田又夫
大隈重信演説談話集　早稲田大学編
大隈重信自叙伝　早稲田大学編
人生の帰趣　山崎弁栄
通論考古学　濱田耕作
転回期の政治　宮沢俊義
何が私をこうさせたか —獄中手記　金子文子
明治維新　遠山茂樹
禅海一瀾講話　釈　宗演
明治政治史　岡　義武
転換期の大正　岡　義武
山県有朋 —明治日本の象徴　岡　義武
近代日本の政治家　岡　義武
ニーチェの顔 他十三篇　氷上英廣 三島憲一編
伊藤野枝集　森まゆみ編

前方後円墳の時代　近藤義郎

日本の中世国家　佐藤進一